सूर्यबाला

सूर्यबाला का जन्म 25 अक्टूबर, 1943 को वाराणसी, उत्तर प्रदेश में हुआ। उच्च शिक्षा काशी विश्वविद्यालय, वाराणसी से हुई। उनकी प्रकाशित कृतियाँ हैं—'मेरे संधि-पत्र', 'कौन देस को वासी : वेणु की डायरी', 'सुबह के इन्तजार तक', 'अग्निपंखी', 'यामिनी-कथा', 'दीक्षान्त' (उपन्यास); 'एक इन्द्रधनुष जुबेदा के नाम', 'दिशाहीन', 'थाली-भर चाँद', 'मुँडेर पर', 'गृह-प्रवेश', 'साँझवाती', 'कात्यायनी संवाद', 'मानुष-गंध', 'गौरा गुनवन्ती' (कहानी); 'अजगर करे न चाकरी', 'धृतराष्ट्र टाइम्स', 'देश सेवा के अखाड़े में', 'भगवान ने कहा था', 'यह व्यंग्य कौ पंथ' (व्यंग्य); 'अलविदा अन्ना' (विदेश संस्मरण); 'झगड़ा निपटारक दफ्तर' (बाल हास्य उपन्यास)। कई रचनाएँ भारतीय एवं विदेशी भाषाओं में अनूदित हैं।

उनकी कहानियाँ, उपन्यास तथा हास्य-व्यंग्यपरक रचनाएँ टीवी धारावाहिकों के रूप में प्रसारित हुई हैं। 'सजायाफ्ता' कहानी पर बनी टेलीफ़िल्म को वर्ष 2007 का सर्वश्रेष्ठ टेलीफ़िल्म पुरस्कार। कोलम्बिया विश्वविद्यालय (न्यूयार्क), वेस्टइंडीज़ विश्वविद्यालय (त्रिनिदाद) एवं नेहरू सेंटर (लन्दन) में कहानी एवं व्यंग्य रचनाओं का पाठ। न्यूयार्क के 'शब्द' टी.वी. चैनल पर कहानी एवं व्यंग्य-पाठ।

उन्हें 'प्रियदर्शिनी पुरस्कार', 'व्यंग्यश्री पुरस्कार', 'रत्नादेवी गोयनका वाग्देवी पुरस्कार', 'हरिशंकर परसाई स्मृति सम्मान', महाराष्ट्र साहित्य अकादेमी के राज्यस्तरीय सम्मान, महाराष्ट्र साहित्य अकादेमी के सर्वोच्च 'शिखर सम्मान', 'राष्ट्रीय शरद जोशी प्रतिष्ठा पुरस्कार', भारतीय प्रसार-परिषद के 'भारती गौरव सम्मान' आदि से सम्मानित किया जा चुका है।

ई-मेल : suryabala.lal@gmail.com

बहनों का जलसा

सूर्यबाला

राजकमल पेपरबैक्स

राजकमल पेपरबैक्स में
पहला संस्करण : 2023

राजकमल पेपरबैक्स : उत्कृष्ट साहित्य के जनसुलभ संस्करण

राजकमल प्रकाशन प्रा.लि.
1-बी, नेताजी सुभाष मार्ग, दरियागंज
नई दिल्ली-110 002
द्वारा प्रकाशित

शाखाएँ : अशोक राजपथ, साइंस कॉलेज के सामने, पटना-800 006
पहली मंजिल, दरबारी बिल्डिंग, महात्मा गांधी मार्ग, प्रयागराज-211 001
वेबसाइट : www.rajkamalprakashan.com
ई-मेल : info@rajkamalprakashan.com

बी.के. ऑफसेट
नवीन शाहदरा, दिल्ली-110 002
द्वारा मुद्रित

मूल्य : ₹199

BAHANON KA JALSA
Stories by Suryabala

ISBN : 978-81-19028-01-6

‘बड़ी’
यानी
जीजी को

क्रम

इन कहानियों की कुछ बातें...

मैं अक्सर कहा करती हूँ कि इस बाहरी दुनिया के समानान्तर हमारे अन्दर भी एक भरी-पूरी दुनिया बसती है...बहुत करुण, बहुत मधुर, बहुत गहरी और छोर-अछोर विस्तृत...हम एक साथ दोनों सतहों पर परिचालित और संचालित होते रहते हैं... बहुधा ध्रुवान्त भिन्न स्तरों पर...कभी ऊपर वाली सतह पर शान्त, सौम्य, सस्मित... लेकिन अन्दर हलचलों का तूफान...और कभी ऊपर चपल, चंचल, शोख लेकिन तलहटी में चट्टानों के नीचे गहराते भँवर...एक-दो नहीं, बेशुमार अहसासों की रेलमपेल...मेला लगा ही रहता है। और मजा यह कि बाहरी सतह को इस अन्त:प्रदेश की जानकारी बिलकुल नहीं होती।...इस संग्रह की एक कहानी भी है, 'वाचाल सन्नाटे...।'

मेरी कलम की खानाबदोशी का यही मनपसन्द इलाका है। मनमाफिक सेंधमारी करती है वह इन अन्त:प्रकोष्ठों में और कुछ न कुछ हासिल करती रहती है। ऐसे 'उपलब्ध' की एक भरी-पूरी पिटारी है उसके पास, जिसे जिन्दगी से छुपा-छुपा कर वह कहानियों के सुपुर्द करती रहती है।

इतना तो अब तक मुझे और मेरे पाठकों को समझ में आ

ही गया है कि विकास के चरमोत्कर्ष पर पहुँची सभ्यता अब तक मानवीय कहे जाने वाले रिश्ते-नातों से पूरी तरह छूँछी हो चुकी है। मैंने कहीं कहा भी है कि सभ्यता आज जहाँ पहुँची है, शर्मिंदा है अपने आप पर। यह मनुष्य में से मनुष्यता का खारिज होते जाना ही मेरी कहानियों की दुखती रग है। कारण बहुत सारे हैं, विडम्बनाएँ और परिणतियाँ भी जिन्हें मेरी कहानियाँ यथासम्भव नेकनीयती के साथ तलाशती और सहेजती रहती हैं।

वरना तो लिखना मेरे लिए न कोई योजना है, न किसी वैचारिक आन्दोलन की स्थापना की गुरुतर प्रक्रिया। कभी बाकायदे प्लान करके कोई सफेद फुलस्केप कागज मेरे क्लिप बोर्ड पर लगा ही नहीं। जैसे साफ-सुथरे फुलस्केप पर उतरने से सहमत हैं मेरी कहानियाँ। यहाँ-वहाँ से फाड़े, चुराए कागजों पर ही मनमानी कर पाती हैं वे।

क्रोशिए के एक नन्हे कंगूरे के साथ जैसे रेशमी धागों के फूल खिलते जाते हैं,...कहानी भी कुछ-कुछ वैसे ही मर्म के एक गझिन बिन्दु से उठाकर बेलबूटे काढ़ती चली जाती है, शब्दों की लय बनती जाती है। लय, पद्य की ही नहीं, गद्य की भी होती है।...जहाँ लय टूटी, कलम अटकी, कहानी वहीं की वहीं छोड़कर उठ आती हूँ मैं।...दिनों, हफ्तों कहानी के बुलावे का इंतजार करती हूँ।... बैठती हूँ। बाधाएँ फिर आती हैं, तिलिस्म फिर टूटता है। फिर छोड़ देती हूँ वैसे ही...। जिदियाती, जोर-जबरदस्ती नहीं करती। 'गढ़ने' में वह मजा कहाँ जो कहानी को मुक्त छोड़ देने में।...सावकाश अपनी जमीन, अपना आकाश तलाश लेती है वह। मुझे पता चल जाता है। एक भरपूर तृप्तिकर अहसास।...आनन्द से भर उठती हूँ मैं। अपने पति, बच्चों पर जी-भर प्यार लुटाती हूँ।...

लिखते हुए हमारी कहानी की एक अलग ही दुनिया बसती जाती है। पात्र, चरित्र, घटनाओं, रिश्तों और पहचानों के टूटते-जुड़ते सिलसिले हँसते-रुलाते चलते हैं। ऐसी गहगही तरंगें कि

अन्तरमन भिगोकर सिक्त कर जाएँ। दु:खों के संधान की कुछ ऐसी ही कोशिश 'सिर्फ एक गुजारिश है सर' कहानी करती है। सात तालों के अन्दर छुपे हर किसी के अन्दर के अपने गोपनीय प्रकोष्ठ... पिता सर मानसिंह के, बेटे सौमित्र के, और मल्लिका मॉम के भी तो...

एक दिलचस्प स्वीकारोक्ति भी कि इस कहानी का सौमित्र पिछले वर्षों आए मेरे वृहत उपन्यास 'कौन देस को वासी : वेणु की डायरी' का ही एक पात्र है। उदार, संजीदा और अनूठे किस्म का सनकी। नहीं जानती, कैसे यह उपन्यास के साथ जुड़े-जुड़े भी अपनी एक अलग ही मार्मिक कहानी भी लिखवा ले गया...जबकि काफी पहले (2008) 'नया ज्ञानोदय' के 'मील का पत्थर' शीर्षक स्तम्भ में प्रकाशित 'वेणु का नया घर...' (शीर्षक कहानी) पूरी होने और मुझे पूरी सन्तुष्टि देने के बाद भी, बीतते वर्षों के साथ एक नए और वृहत उपन्यास की शक्ल लेती चली गई। कहानी लिखते हुए मैंने कभी उसे उपन्यास में ढालने की कल्पना भी नहीं की थी।...तो एक तरफ सौमित्र, उपन्यास से उपग्रह की तरह छिटककर, अपनी एक अलग कहानी की दुनिया भी बसा ले गया, तो दूसरी तरफ वेणु पूरे चार सौ पृष्ठों के उपन्यास तक व्याप गया। तो ये हम रचनाकारों के चेतन, अवचेतन, संवेदना और 'सनकों' की कलम के साथ चलते खेल हैं, जो बाजीगर की डंडी की तरह कभी रंग-बिरंगी झंडियाँ और रिबन निकालते जाते हैं, कभी पंख फड़फड़ाते कबूतर।

संग्रह की शीर्षक कहानी 'बहनों का जलसा' वर्षों पहले हम चार बहनों की एक साथ की गई एक छोटी-सी रेल यात्रा की बहुत सुखद और बिछोह भरी स्मृतियों की मर्म कथा-सी शुरू हुई थी। बड़ी अनुरक्ति से शुरू होकर कुछेक पृष्ठों तक त्वरित गति से चली भी, लेकिन फिर अटकी तो अटकी रह गई और बरसों दूसरी कहानियों को रास्ता देती चली गई। शीर्षक भी तब 'अनार' रखा था, क्योंकि

हममें एक बहन अपने बगीचे का अनार लेकर आई थी और हम सब ने उसका खूब मजाक बनाया था।

दुर्योग और दुर्भाग्य ऐसा कि कहानी पूरी हुई दसियों साल बाद, जब 'जीजी' सचमुच अन्तिम यात्रा के लिए प्रस्थान कर चुकी थी। यानी कहानी, 'कहानी' से एक प्रणाम बन गई।

वर्षों पहले अपनी मित्र से सुने दो वाक्य भी मेरे अन्दर हथौड़े की चोट से गहरे ठुँके हुए थे। वे दोनों वाक्य भी इस 'जलसे' में जस के तस उतरे हैं, जब राव उमराव सिंह के कहने पर कि 'हमारे यहाँ तो बेटा होने पर वारिस का ऐलान करने के लिए बन्दूक दगती हैं' तो राय साहब फौरन ईंट का जवाब पत्थर से देते हैं कि 'हमारे यहाँ तो बेटा न होने पर भी बन्दूक दगती है'...और भरी मजलिस में सदी का सबसे लोमहर्षक ठहाका लगा था।...

मैंने सोचा था, ये वाक्य पाठकों को स्तब्ध कर जाएगा लेकिन पिछले दिनों सिंगापुर में 'रेलगाड़ी' शीर्षक अपने प्रोजेक्ट में इस कहानी को मंचित करने वाली निर्देशिका गौरी श्रीवास्तव ने मुझे बताया कि इस प्रसंग पर तो दर्शक 'शॉक्ड' हुए ही लेकिन इससे भी पहले इंटरवल समाप्त होने के साथ सबसे छोटी, सबसे सम्पन्न, समृद्ध बहन वाले दृश्य पर दर्शकों की आँखें अनायास डबडबा आईं जब 'जॉय-ट्रिप' की तरह की जा रही रेलयात्रा में छोटी बहन, अपने-अपने मोबाइल-लैपटॉप में मशगूल पति, बच्चों को एक के बाद एक पूरी में आलू भाजी भरे रोल थमाती जा रही थी और वे अपनी हथेली बारी-बारी फैलाते जा रहे थे...यहाँ तक कि सारी पूरियाँ खत्म हो जाती हैं। उसके लिए एक भी नहीं बचती। पति-बच्चों को इसका ध्यान तक नहीं आया, महसूस होना तो दूर की बात है।

बहनों के कचोट से भरकर पूछने पर कि तूने कहा नहीं?... छोटी का जवाब मिला, कहती तो वे खुलकर हँसते कि तुम्हें अपने पति-बच्चों के खाने का अन्दाज नहीं? या फिर, ये देखो, मम्मी

को पूरियाँ नहीं मिलीं तो रो रही हैं...और रोती हुई मम्मी दुनिया की सबसे हास्यास्पद दृश्य बन जाती है...इससे भी ज्यादा मार्मिक दर्शकों को 'बड़ी' का वह वाक्य लगा, जो सब कुछ सुनने के बाद वह छोटी बहन को समझाती है कि आगे से तू और ज्यादा पूरियाँ बनाकर ले जाना बेटा...

यह मेरी तरह का विमर्श है, खेल-खिलवाड़ के बीच। मुझे दर्शकों की आँखों का डबडबा आना अच्छा लगा। एक बार फिर उनकी समझ और संवेदना पर मेरा भरोसा पक्का हुआ।

कहने को ये कहानियाँ एक साथ, एक सिलसिले में प्रस्तुत हैं, लेकिन सोचकर एकबारगी अकबका-सी जा रही हूँ कि कितने भिन्न काल, समय, स्थानों और स्थितियों की उपज हैं ये कहानियाँ। कितने देश-कालों की साक्ष्य रूप...जैसे मेरे अन्त:प्रदेश के बहुत सारे मौसम, हवा-पानी और धूप, मिट्टी एक साथ हो लिए हों।... अजनबी पहचानें!...कोई कहानी एक आवेगी शुरुआत के बाद भी वर्षों थमी रह गई तो कोई एक छोटी सिटिंग में फास्ट फूड की तरह बनकर तैयार...(बादशाह)

कभी लगभग एक से नेपथ्य पर भी एकाधिक कहानियाँ लिख गई हैं, लेकिन परस्पर भिन्न अवसादी अहसासों से जुड़ी। इसलिए उन्हें खारिज न करके एक के बाद एक रख दिया गया। 'बच्चे कल मिलेंगे'...और 'सप्ताहान्त का ब्रेकफास्ट' दो ऐसी ही कहानियाँ हैं। उन्हें सीक्वल की तरह लेने की उदारता पाठकों को बरतनी होगी।

प्राय: पात्रों और स्थानों के नामों में भी मैं ज्यादा समय नहीं गँवाती, जल्दी नहीं सूझे तो लिखने के प्रवाह में बाधा पड़ने लगती है, लेकिन गलत सूझे तो भी प्रवाह बाधित होता है। ऐसे कुएँ, खाइयों से निपटने में कभी-कभी एक से नाम एकाधिक कहानियों में आ गए हैं, मैं आने देती हूँ, क्योंकि मेरे मनपसन्द हैं जैसे—वेणु, सुशांत, ललित, वसुधा, वसु, वृन्दा आदि इसका भी अपराधबोध

नहीं। शहरों, नगरों के प्राय: असली नाम लेने से बचती हूँ, क्योंकि उससे एक स्थूल, आकार बन जाता है।...कल्पना बाधित होती है।...लिखते हुए 'स्थानापन्न' या 'सेकेंड बेस्ट' की जल्दबाजी या कम्प्रोमाइज से भी बहुत बचती हूँ।

शेष, अपने पाठकों का औदार्य मुझ पर हमेशा साये-सा बना रहता हैं। उसी के प्रति नमित...

—सूर्यबाला

बहनों का जलसा

ट्रेन के प्लेटफार्म पर रुकते ही वे चारों एक-दूसरे की कलाइयाँ पकड़े, अपनी-अपनी कंडियाँ, थैले और बक्सियाँ सँभालती, डिब्बे की तरफ दौड़ चलीं।

चढ़ती-उतरती भीड़ के बीच भी वे एक-दूसरी का हाथ कसकर पकड़े, सँभलकर चढ़ने की ताकीद करती जा रही थीं। "पहले तू..." "नहीं, तू चढ़ पहले" की जल्दबाजी में, सबने मिलकर पहले 'सबसे बड़ी' को चढ़ाया, जबकि वह, अपने से पहले तीनों छोटियों को चढ़ाना चाह रही थी। यहाँ तक कि डिब्बे में चढ़ जाने के बाद भी वह लगातार बाकी तीनों के लिए "आ, आ जा छोटी..." "मझली चढ़ी?"..."जल्दी कर सँझली..." जैसे चिन्ताकुल जुमले बोले जा रही थी।

तभी मझली को याद आया—"अरे, गाड़ी अभी रुकेगी, मैं जरा दालचिक्की और समोसे लेती आऊँ?"

"चाँटा खाएगी...चुप बैठ, गाड़ी से नहीं उतरना है अब"—'बड़ी' ने अपनी दाहिनी दुबली हथेली से एक सुकुमार से चाँटे की शक्ल बनाकर फिर उसे 'खिलाने' की मुद्रा भी दिखाई...इस पर मझली, सँझली और छोटी तीनों ही-ही-ही कर हँसने लगीं—

"बड़ी! तू अब बड़ी ही नहीं, बूढ़ी भी हो ली...गाड़ी बिगर हरी झंडी दिखाए चलती है क्या?...यह तू पाँचवीं में थी, तब से अपनी समाज-विज्ञान की किताब

में रटती रहती थी, इतना कि सुनते-सुनते तुझसे चार साल छोटी मुझे भी याद हो गया"—मझली थी।

"अच्छा! याद है तुझे, तभी न सतना स्टेशन पर नल से पानी भरते हुए गाड़ी से छूटते-छूटते बची थी..."

"अरे वो तो इसलिए, क्योंकि गार्ड बाबू हरी झंडी से हवा करने लगे और इंजिन ड्राइवर ने समझा, हरी झंडी दिखा रहे हैं...दोनों के कनफ्यूजन में मैं बेचारी मारी गई।"

"वरना तो बड़ी!" सँझली ने चिढ़ाया—"गार्ड बाबू जैसे ही मझली को किसी स्टेशन पर पानी भरते या केले मुलवाते देखते हैं न, फट् से हरी झंडी नीचे कर लेते हैं।"

"तूने पूरी बात नहीं बताई," छोटी ने टहोका दिया—"अपनी मझली, जब प्लेटफार्म पर केले खरीद रही होती है न, तो गार्ड बाबू आकर कहते हैं, बहन जी, अमरूद भी ले लो, इलाहाबाद के मशहूर हैं, मैं गाड़ी रोके रखूँगा, जब तक आप अमरूद तुलवाओगी..."

"ही-ही-ही...ही..."

"चुपो शैतानो..." मझली भड़की।

"ये लो गाड़ी खिसक के फिर रुक गई...कोई सामान चढ़वाने से रह गया होगा..."

"अरे जामुन...! वो क्या रहा डिब्बे के दरवाजे पर...बड़ी! मैं बस चार पूड़े जामुन के लिये आती हूँ, वो..."

"जामुन की बच्चीऽऽ!" बड़ी ने सच में ही सँझली की पीठ पर एक छोटा-सा धौल जमाया—"हजार बार मना किया, गाड़ी से नीचे नहीं उतरना, सुनती नहीं?"

"वाह! तुमने मझली को तो दालचिक्की लाने जाने दिया था। उसे चाँटा भी नहीं लगाया था...तुम उसे ज्यादा मानती हो बड़ी।"

"ज्यादा मानती हूँ? सबसे पहले तो उसे ही चाँटा दिखाया था..."

"लेकिन लगाया तो मुझे ही न!" सँझली रूठी।

"ही-ही...ही-ही..."

सहसा तीनों पीछे घूमीं तो मझली आराम से पूरी बर्थ पर पैर पसार कर, टिकट, कुली, समोसों से बचे पैसों का हिसाब लगा रही थी।

"लो इस मझली को देखो, हमेशा की बजार बाद...स्टेशन की खरीदारी के बाद इतने चिल्लर भी बचा लाई..."

"स्टेशन पर 'कटपीस' जो नहीं मिलते...खी-खी-खी..."

"चोप्प! उसी कटपीस से तुम सबों के बच्चों के झबले सिल-सिल कर पहनाए हैं। तेरी तरह चाट-बताशे नहीं उड़ाती...तू तो घर से किसी भी काम से निकली नहीं कि पहले बताशों की दुकान पर...चटोरी..."

"सो तो मैं हूँ ही। ये देखो, चलने से पहले उसी चाट वाले से आलू-बड़े और खस्ता कचौरियाँ बँधवा ली हैं..."

"अरे सच्च! तो ला, निकाल।"

"मैं तो आलू-बड़े और खस्ता कचौड़ी भी घर में ही बना लेती हूँ। कितनी किफायती पड़ती हैं..."

"और बचे हुए पैसों से कटपीऽऽस..."

"ही-ही-ही-ही-ही..."

तभी ट्रेन ने एक तीखी सीटी मारी और तीनों की तीनों एक-दूसरी पर खड़ी, बैठी भहरा पड़ीं...बड़ी ने मझली को, मझली ने सँझली को, सँझली ने छोटी को झिड़कना शुरू कर दिया—"उई माँऽऽ देखती नहीं?...हाथ-पैर काबू में नहीं रहते...छोटी कहीं की...सँझली कहीं की...मझली कहीं की..." और बड़ी?...'कहीं की नहीं'...कहने के साथ चारों इतनी जोर से हँसीं कि पिछली बर्थ के मुसाफिरों ने झुँझलाकर झाँका—

"स्कूली लड़कियाँ हैं क्या? आप लोग इतना शोर मचा रही हैं?"

बहनें सकपकाईं। वो तो अच्छा था, छोटी लाइन की उस खड़खड़िया ट्रेन में, दोपहर की चंडाली बेला में बहुत थोड़े यात्री थे। सो मनमानी की पूरी छूट। डिब्बे के शुरू में ही, आमने-सामने की दोनों बर्थ खाली। चारों, दो-दो के हिसाब से आमने-सामने बैठ गईं।

"उफ, गरमी हो गई...ठहरो, शीशा, खोलती हूँ।" छोटी चहकती हुई उठी।

"लेकिन सँभाल के बेटा, शीशा हाथ पे न गिरे झटके से..." बड़ी थी।

"हाँ—हाथ-पैर ठिकाने तो रहते नहीं इसके..." मझली थी।

"उधर के भी दोनों खोल दे...चारों खिड़कियाँ, चारों शीशे...सबके सब खोल दे..." सँझली भी मूड में आ गई।

"हुक्म चलाए जा रही है! जरा हाथ बढ़ा के अपनी तरफ का तू खुद नहीं खोल सकती सँझली?" छोटी चिढ़ी।

"क्यों खोलूँ? गरमी से तू बेहाल हुई जा रही है या मैं? मैं तो तेरी खातिर कह रही हूँ, जिससे तुझे ज्यादा ठंडक पहुँचे।"

"तो ठीक है, मैं सिर्फ अपनी तरफ वाला खोले लेती हूँ..."

"देख लो बड़ी...कैसा 'मेरा-तेरा' कर रही है—गन्दी बात है न। तुमने बचपन से इस छोटी को ज्यादा ही सिर चढ़ा रखा है..."

मझली को, छोटी और सँझली को लड़ाने में हमेशा मजा आता है—

"अरे लेकिन ठीक तो कह रही है—अपनी तरफ वाला तू ही खोल ले न, तुझे भी तो आरामतलबी सूझी है..."

सँझली बिफरी—

"अच्छा तो अब तू भी छोटी की तरफदारी में आ गई? अपनी खिड़की तो रोब मारकर खुलवा ली, मेरी वाली के लिए—'तू ही खोल ले'...क्यों खोल लूँ? इस छोटिया से तो कम से कम मैं बड़ी ही हूँ..."

बड़ी ने लाड़ से झिड़का—"कितना झगड़ती हो तुम तीनों? बच्चों से बढ़कर...कब बड़ी होओगी—ऐं?"

"वाह! हम क्यों 'बड़ी' होने लगीं...'बड़ी' का पट्टा तो तुम्हीं लिखवा के लाई हो, तुम्हीं की तुम्हीं रहो बड़ी, हाँ।"

"और क्या?" मझली आराम से पैर हिलाते हुए बोली—"अब मुफ्त में 'बड़ी' थोड़ी बनी हो। निपटाओ झगड़े—होओ हलकान। लो मजा, जन्मजात 'बड़ी' होकर पैदा होने का..."

"सच में बड़ी! मैंने अपनी याद में, शुरू से तुम्हें ऐसी ही लम्बी चोटी, कानों में बुंदे, माथे पे बहुत छोटी बिन्दी और हाथों में स्कूल की किताबों के साथ ही देखा है...जानती हो, जब माँ, बाबूजी सत्यनारायण कथा सुनते थे, तो पंडित जी के मुँह से 'शंख, चक्र, गदा, पद्म वनमाला सुशोभितम' सुनती थी, तो जाने

क्यों हमेशा तुम्हारा ध्यान आ जाया करता था...बहुत छोटी थी न..." कहती हुई छोटी बड़ी से दुबक ली—

मझली चिढ़ी—

"सुनो इस अक्ल की दुश्मन की बात...। ठीक है, बड़ी बहुत सीधी है, बहुत अच्छी है, माँ-बाबूजी की बहुत लाडली थी...पर इतने से उसे एकदम चंडोले चढ़ाकर सत्यनारायण कथा के विष्णु भगवान बना देना..."

सँझली को मौका मिला—

"छोटी! ये तूने बुरा किया, बड़ी को भगवानों की कोटि में डाला तो अपनी मझली को भी तो कुछ बनाना था—जैसे? जैसे कि महामुत्युन्जय, रुद्र कार्तिकेय...वो क्या गाना है? हाँ, जय-जय शिव शंकर—काँटा लगे न कंकर..." सँझली ने मटककर गाया तो सारी बहनें हँसते-हँसते लोट-पोट हो लीं...

तंग आए मुसाफिर फिर झाँके तो झट सँभलकर बैठ गईं।

"चोप्प!" मझली चिल्लाई—"देख लो बड़ी, अपनी छोटियों की कारस्तानी। अब मैं कुछ बोली तो मुझे दोष मत देना"—

"छोटी! सँझली! छि:-छि: ऐसे चिढ़ाते हैं? तुम लोगों से बड़ी है न मझली?"

"हमीं को कहोगी, मझली को नहीं देखतीं, हर बात में चिढ़कर हमें डपट देती है।"

"जाओ, मैं तुम तीनों से बात नहीं करूँगी...ऐसे ही लड़ती होओगी घर में तो तुम लोगों के बच्चे क्या सोचते होंगे...ऐं?"

"बच्चे? बच्चे कुछ नहीं सोचते हमारे बारे में...उन्हें हममें बिलकुल इंटरेस्ट नहीं...और उनके पिताओं को टाइम नहीं...ज्यादा से ज्यादा, 'इनफ मम्मी'... बोलकर हमें चुप करा देते हैं और हम खुश हो जाते हैं कि हमारे बच्चे हमसे बोले...इस छोटी से पूछो, इसके वाले तो और ज्यादा अंग्रेज हैं।"

"मेरे वाले? कानों में इयरफोन और आँखों के सामने तमाम सारे फन... गेम्स, पजल्स...वे सिर्फ मोबाइल में बोलते हैं और उनके पिता फोन पर निर्देश देते हैं। वे घर से ऑफिस जाते हैं, ऑफिस से किसी न किसी एयरपोर्ट...और उसी तरह लौटते भी हैं..." तीनों बहनें आँखें फाड़कर चमत्कृत भाव से सुन रही थी—

"बाप रे! इतनी बिजी? इसी से मनोज बाबू तुम लोगों के साथ कहीं आ-जा नहीं पाते...न!"

"गए थे एक बार सब साथ, मेरी जिद पर। बच्चों को पिता ने समझाया था—हाँ-हाँ ट्रेन जर्नी इज वेरी एन्जॉयवेबुल...ईट एंड स्लीप...स्लीप एंड ईट—(खाओ और सोओ, सोओ और खाओ...जो प्लेन में नहीं हो पाता) मम्मी ढेर सारी डिशेज बनाकर ले चलेंगी...गुडीज और फ्रूटस...पूरी, कचौरी..."

"अच्छा? फिर?" तीनों बहनों का कुतूहल चरम पर—

"मैंने बास्केट भर-भर कर तमाम सारी चीजें पैक कीं...तरह-तरह के खाने-नाश्ते का ओवर स्टॉक...सारे रास्ते पूछती रही नीता! बब्लू! केतन! सन्तरे छीलूँ? सेब काटूँ? मठरियाँ निकालूँ?...पूरी में आलू के रोल कर के दूँ?...वे इयरफोन, मोबाइल और लैपटॉप के बीच पूरी का रोल खत्म होते ही वापस हाथ फैला देते...मैं हाथों में बनाया हुआ रोल पकड़ाकर दूसरा बनाने लगती। तब तक दूसरी हथेली फैल चुकी होती...थमाते-थमाते सारी पूड़ियाँ खत्म हो गईं... मेरे लिए कुछ बचा ही नहीं..."

"अरे...अरे...ऐसा कैसे...फिर?" 'बड़ी' विकल हो आई।

"फिर क्या? मैं रोने लग गई..."

"तब तो बहुत पछताए होंगे वे सब न?"

"पछताते तो तब न जब उन्हें देखने, जानने की फुर्सत होती..."

"अरे, तू रोई और वे जान नहीं पाए?..."

"बड़ीऽऽ! जान जाते तो भी यही कहते न, कि सॉरी!...बट इट्स योर फॉल्ट...तुम्हें और ज्यादा पूरियाँ लानी थीं...मान लो हममें से किसी ने दो-चार और पूरियाँ, खानी चाही होती तो? एक मदर को अपने बच्चों और एक वाइफ को अपने हजबैंड की खुराक तो पता होनी चाहिए? नो?...'और फिर पूरियाँ 'कम' थीं, मम्मी को खाने को नहीं मिलीं...तो मम्मी रो रही है, इससे बड़ी तमाशे वाली बात कुछ और हो सकती है क्या? खासकर पति और बच्चों के लिए?"

बड़ी को जाने क्या हुआ, एकदम खींचकर छोटी को चिपका लिया—"अब से तो खूब ज्यादा पूरियाँ लेकर चलाकर बेटा—छि: सब को खिलाकर, तू भूखी रह गई?"

"नहीं बड़ी, भूखी नहीं रही। भूखे रहें मेरे दुश्मन...मैंने बचे हुए आलुओं की ब्रेड सैंडविच बना ली...माँ कहा करती थीं न, भूख का गुस्सा, भूख पर कभी नहीं उतारना, अन्न देवता कुपित होते हैं, बात बनने की जगह रार और बढ़ती है...औरत को हर छोटी, बड़ी मुसीबत से निपटना आना चाहिए...बस मैंने चटपटी चटनी और आलू लगाकर सैंडविच बना ली...अपने को समझदार मानकर खुश भी हो ली...।"

"शाऽब्बाऽऽश!" मझली, सँझली खुश होकर चीखीं...लेकिन बड़ी उसे भींचकर दुलारती रही—

"लेकिन मैं जानती हूँ न, तुझे पूरियाँ कित्ती पसन्द हैं...इत्ती-सी थी तब से मैं तुझे तो मसल-मसल कर शक्कर से खिलाती थी।"

"लो, हो गया भरत-मिलाप..." मझली चिढ़ी।

"मझली! तुझे चिढ़ क्यों आती है...तू भी तो हम दोनों से बड़ी है...कभी दुलारती क्यों नहीं हमें?"

"क्या दुलारूँ? तुमसे बड़ी हूँ तो क्या, बड़ी से तो छोटी हूँ...मुझे छोटा होना ही अच्छा लगता है..."

"मुझे भी" कहती हुई बड़ी ने 'सबसे छोटी बहन' को छोड़ 'अपने से छोटी बहन' के बाल सहलाए—"तू अपने को बड़ा समझने लगेगी तो मेरा क्या होगा, ऐं?"

"इति श्री रेवाखंडे भगिनी पुराण: भजनोपध्याय...अथ भोजनो पध्याय:... सँझली खिलखिलाई—"छोटी के 'पूरी-पुराण' पर सचमुच भूख लग आई..."

"अरे तो तू बोली क्यों नहीं...आते समय कौशल्या बीबी जी ने शादी की बची कचौरियाँ बाँध दी हैं...ठहरो निकालती हूँ।"

"वाह! अचार भी है..." कहती हुई तीनों बच्चों की तरह टूट पड़ीं। फिर 'पहले मैं', 'पहले मैं' कहते हुए एक-एक टुकड़ा बड़ी बहन को खिलाने लगीं...।

"पता है? एक बार, तुम दोनों छोटी थीं न तो माँ को निमोनिया हो गया था," सबके चेहरे बदहवास—"तो मैं तुम दोनों को लादे-लादे फिरती थीं और रोटियाँ दूध में मसल-मसलकर खिलाती थीं...देखो ऐसे..."

"खिलाओ, खिलाओ...चम्मच से दूध भी पिलाओ...बड़ी आई, बड़ी कहीं की..." कहते हुए मझली ने कटोरदान अपनी तरफ खींचकर जैसे ही अचार की एक बड़ी फाँक निकाली, तीनों में छीना-झपटी मच गई और कटोरदान का ढक्कन झनझनाकर फर्श पर गिर पड़ा...झन्न...न-न-न...

पीछे की सीटों वाले मुसाफिर दनदनाते हुए आए—"आप लोग जरा देर भी कायदे से चुप नहीं बैठ सकतीं? ट्रेन का डिब्बा है या आपका घर? जब से चढ़ी हैं, हम लोगों का चैन से बैठना मुहाल...बात क्या है? क्या गिरा अभी?..."

"कुछ नहीं, कुछ नहीं भाई साहब...यह...यह ढक्कन गिर गया...हम लोग अभी उठाए लेते हैं..."

"और अब दुबारा नहीं गिराएँगे..."

"हम चारों बहनें हैं भाई साहब...हम बहुत सालों बाद मिले हैं...इस ट्रेन भर के लिए..."

"ये तीनों न, मेरी छोटी बहनें हैं"—बड़ी ने गर्व से कहा, जैसे बड़ा अनूठा रहस्य खोल रही हो...

लेकिन पिछली बर्थ वाले का जाना था कि तीनों फिर खिलखिलाने लगीं..."वाह! बड़ी वाह!...सिचुएशन सँभालना कोई तुमसे सीखे..." सँझली बेफिक्री से हँसी।

"अरे...!" अचानक मझली को याद आया, "मैं तो भूल ही गई थी, मैं एक अनार भी लाई हूँ..."

"अऽनाऽऽऽर?...ट्रेन में अनार कौन खाएगा?..." इस बार बड़ी और सँझली के साथ छोटी का मुँह भी हैरानी से खुला रह गया।

"क्यों? हम चारों? नहीं खा सकते?" मझली पहली बार उदास हो आई।

"हाँ-हाँ—बिलकुल...सब मिलकर खाएँगे! फोड़ तो मझली।"—बड़ी थी।

छोटी अभी भी मुँह बिचकाए बोली—

"लेकिन बड़ी! अनार के रस से तो कपड़ों पर दाग लग जाते हैं और यहाँ ट्रेन में चारों तरफ लिसलिस अलग..."

मझली फिर चिढ़ी छोटी पर—

"लिसलिस करेगा तो बाथरूम में पानी नहीं है धोने के लिए? इसके ऊपर नफासती हजबैंड और नाक-भौं सिकोडू बच्चों का भूत सवार रहता है सारे समय..."

"मझली ठीक कहती है छोटी..."

तब तक—

"लो फूट गया अनार..."...

चारों एक साथ बोलीं...और मझली शान से दोनों पैरों के ऊपर अखबार बिछाकर अनार के दाने निकालने लगी—

"ठहरो! मैं दाने निकाल-निकालकर सबको देती हूँ..." सँझली दाने चूसती जोर से हँसी—"सच में, सोचो तो सारी दुनिया के इतिहास में, और चाहे जो कुछ खाया गया हो ट्रेन में, पूरी, पराँठे, केले, सन्तरे लेकिन अनाऽऽर..."

"इसी से सिर्फ हम चारों खाएँगे, पहली बार...ला मझली..."

अचानक बड़ी मुग्ध भाव से बोली—"कितने सुन्दर लग रहे हैं न एक साथ जुड़े अनार के दाने..."

"जैसे हम, ना बड़ी?"

"लेकिन मझली उन्हें छितराए जा रही है।"

"हम भी तो अलग-अलग स्टेशनों पर छितराने वाले हैं..."

"ए-चुप—बेबात की बात मत कर। ले अनार दाने...।"

"सँझली को 'अ' से अनार मैंने ही पढ़ाया था—याद है तुझे?"

"याद है बड़ी, अ से अम्मा, अ से अनार—आलू, आम न खाओ साथ..."

"खी-खी—बड़ी बेकार तुकबन्दी है भाई" छोटी बोली।

"हाँ, मुझे भी ये वाली लाइन बिलकुल पसन्द नहीं थी, लेकिन किताब में लिखी थी तो याद करनी थी।" सँझली ने कहा।

अचानक बड़ी बोली—"तुझे कैसे अच्छी लगेगी—तू खुद जो इतनी अच्छी कविताएँ लिखा करती थी...जहाँ देखो वहाँ, गुपचुप लिखती रहती...दीवालों पर, खिड़कियों के पल्लों पर, पुरानी नोटबुक और डायरियों पर, हर कहीं गुँचाती रहती। अभी भी लिखती है न!"

"नहीं। अब नहीं लिखती।"

"अच्छा किया, नहीं तो अब तक ये पूरी ट्रेन तेरी कविताओं का संग्रह हो गई होती।"

बड़ी ने मझली को आँखें तरेरीं और वापस सँझली से पूछा—"क्यों बेटे, क्यों नहीं लिखती अब?"

"एक बार कविता वाला कागज घरवालों के हाथ पड़ गया था। सबके सब खूब हँसे।...बस फाड़कर फेंक दी...मैंने..."

"अरे...लेकिन हँसे क्यों? और उनके हँसने से अपनी कविता फाड़कर फेंक दी तूने?"

"क्या करती...एक बोला, मम्मी की इस कविता में 'राइम' तुक तो कहीं है ही नहीं...तो उसके पिता हँसे—तुम्हारा मतलब है, 'बेतुकी' कविता लिखी है तुम्हारी मम्मी ने?...तीसरा बोला—मेरी समझ से कविताओं से ज्यादा बेतुकी चीज दुनिया में कोई दूसरी नहीं..."

"वे कहते थे तो कहने देती, लेकिन तुझे अपनी कविता फाड़कर फेंकनी नहीं चाहिए थी।"

"फिर क्या करती?" सँझली रुआँसी हो आई।

"सहेजकर रखती और क्या! मुझे याद है, एक बार तेरी लिखी कविता का एक फटा सा कागज पड़ा था। माँ ने बड़े जतन से सहेजकर उसे पूजा वाले रामायण में रख लिया था।"

"हाँ, और माँ ने जो आसमान में एक खिड़की हम सबको तकते रहने के लिए खोल रखी है, तो उन्हें तेरी कविता की चिंदियाँ उड़ती देख कितना कष्ट पहुँचा होगा..."

"हो सकता है उन्होंने सँझली की कविता की उड़ती चिंदियाँ सँभालकर रख ली हों।"

"सच?...ठीक है, अब मैं ढेर सारी कविताएँ लिखूँगी और माँ के पास आसमानी डाक से छुड़वा दिया करूँगी..." सँझली जैसे स्वप्न में हँसी...

"माँ की यही वाली याद हम चारों को सबसे ज्यादा आती है न! घर की दूसरी मंजिल की खिड़की से हमारे लौटने का रास्ता देखती हुई माँ...।"

"बाप रे...बाजार, हाट, मेले-ठेके से लेकर स्कूल के सालाने जलसे तक

से, जरा देर हुई नहीं कि माँ चिन्ता से बेहाल, खिड़की पर हाजिर...कि कहीं उनकी बेटियों को जरा भी ठोकर न लगी हो, खरोंच न आई हो, सिर न दुखा हो, छींक न आई हो..." मझली थी।

"और अब? कैसा लगता है, जब, चाहे जितनी देर से घर लौटो, कोई घबराने, परेशान होने वाला नहीं...सिवा इसके कि—'आ गई?'...चाय नाश्ता तो गया मेरा...आधे-पौने घंटे से पहले तुम खाना क्या दे पाओगी...तो जरा बर्फ तोड़कर बियर का गिलास ही पकड़ा दो...और हाँ, गुप्ता जी को फोन कर के अभी ही बता दो कि मैं कल बाहर जा रहा हूँ...। इसी से याद आया, सुबह जल्दी ही निकलना है तो मेरी अटैची भी इसी समय लगा देना। तुम्हें टालने और भूलने की पुरानी बीमारी है..." सँझली अपनी रौ में उन्मादनी-सी उगलती जा रही थी।

"एक बार रुआँसी होकर कहा था...'मैं भी भीड़ से धक्के खाती ट्यूशन पढ़ाकर लौटी हूँ...इतनी देर से आई...तो क्या तुममें से कोई मेरे लिए घबराया भी था? किसी ने सोचा कि कहीं मैं किसी रिक्शे, मोटर के नीचे...आजकल तो भरी भीड़ में किडनैप कर लिए जाते हैं लोग—'

"तो उन सबका सेंस ऑफ ह्यूमर उछलकर ऊपर आ गया—'कम्मॉन... अब इस खुशफहमी में तो रहो मत कि कोई तुम्हें इस उम्र में किडनैप...हा-हा— और गाड़ी-मोटर के नीचे आईं तो नुकसान उसी का होगा...तुम्हारे पर्स में रखी डायरी में घर का पता दर्ज है ही...असल में तो तुम हमें इमोशनली ब्लैकमेल करने की तरकीबें सोचती रहती हो और कुछ नहीं...'

"काश! काश! कोई भला मानुष मुझे सचमुच किडनैप कर ले जाए तो तुम लोगों को आटे-दाल का भाव..."

"हो-हो-हो-हो...। जिस शाहखर्ची से तुम घर चलाती हो, इस फेर में मत रहना कि फिरौती भर की रकम मेरे पास निकलेगी। हाँ तुम दूध, सब्जी, महरी, रिक्शे के किराए के बहाने जब-तब जो पैसे मुझसे झटकती रहती हो, उसका अता-पता बता दो तो शायद वक्त, जरूरत..."

"कोई पूछे कि तुमने तो पिछले चौबीस सालों से सिर्फ खर्च की कटौतियों के हवाई फरमान जारी किए हैं कि फलाँ के घर की तरह सिर्फ ढाई सौ ग्राम कद्दू नहीं लिया जा सकता? सिर्फ एक थैली दूध में नहीं काम चलाया जा सकता?

अब कौन दूध पीता बच्चा है घर में? फलाँ के घर में महरी सिर्फ बर्तन धोती है, हमारे यहाँ झाड़ू-पोंछे-कपड़े तक की शाहखर्ची...जबकि उन्हें अच्छी तरह मालूम है कि फलाँ की बीवी ढाई-ढाई हजार की ट्यूशन करने नहीं जाती...बड़े होते बच्चों के खर्च की बात करो तो, 'तुम्हीं ने आदतें बिगाड़ी हैं...क्या जरूरत है पॉकेट मनी देने की? कह दो कि उनके दोस्तों के बापों की तरह मेरी ऊपरी आमदनी की नौकरी नहीं है बस..."

बुत बनी सुनती बहनें सँझली को फुसलाने का उपाय सोच रही थीं। मिल भी गया। गाड़ी रुकी।

"अरे-अरे मुगलसराय...यहाँ गाड़ी देर तक रुकती है...जंक्शन है न! अरे-देखो कैसी ताजी भुनी सोंधी-सोंधी मूँगफलियाँ...आजा सँझली, चुटुर-चुट्ट चुटुर-चुट्ट, छील-छील कर नमक के साथ खाएँगे...बड़ी, मझली शोर मत मचाना। हम हरी- लाल झंडी पर नजर रखेंगे..."

डिब्बे में सिर्फ बड़ी और मझली रह गईं, तो मझली चुपचाप उसकी गोद में दुबक ली। बड़ी ने माथे की लटें उठाकर कान के ऊपर सँवार दीं। जाने कब तक सहलाती रही।

अचानक उँगलियाँ चौंककर सिहर गईं...कानों के ऊपर बालों के नीचे गहरी चोट का अहसास। बड़ी की हथेलियाँ काँपीं..."ये चोट कैसे! कब? मझली तूने बताया नहीं...।"

"कुछ नहीं, रसोई में नीचे झुककर आलू-प्याज की कंडिया निकाल रही थी, आलमारी का कोना..."

"हर समय अफरातफरी लगाए रहती है...तू...ये तो गहरा घाव है बेटा..."

मझली कुछ बोली नहीं। सिर्फ बड़ी की हथेलियाँ हटा चोट वाली जगह को दुबारा बालों से ढाँप दिया।

बड़ी स्तब्ध बैठी रही...फिर आहिस्ता बोली—

"टाँके लगवाने पड़े होंगे न!"

मझली ने निशब्द 'हाँ' में सिर हिलाया और बिखरे बालों की लट से दुबारा घाव अच्छी तरह ढाँपने लगी।

बड़ी ने ढाँपने दिया, जैसे कह रही हो, हाँ ढाँप ले। उघाड़ने से फायदा!... बाहर से छोटी, सँझली चीखीं—"अभी गाड़ी छूटने में देर है, हम गरम भजिये लेकर आते हैं...तुम दोनों घबड़ाना मत..."

"हाँ-हाँ..." बड़ी ने धीमे से मझली का चेहरा अपनी ओर घुमाया—फिर माथा सहलाते हुए पूछा नहीं, जैसे कहा हो—

"रौनक?...न?"

जैसे चट्टानें फटी हों और आँखों से उबलते पानी का सोता फूट पड़ा हो... मझली भलभला कर रो दी...

"चुप...चुपो बेटा!" बड़ी ने आँचल से पहले उसकी आँखें पोंछी फिर अपनी—

"सर्वेश बाबू से कुछ कहासुनी..."

मझली ने बर्थ के पीछे सिर टिकाए-टिकाए 'ना' की—

"चाहिए क्या था?"

"मो-ट-र बा-इ-क..." उन्माद ग्रस्त-सी मझली ठहर-ठहरकर बोल गई..."दोस्तों की मोटर साइकिलों से दो-दो एक्सीडेंट पहले ही कर चुका है। पुरानी अब काम लायक नहीं...इस बार मैं ही बरदाश्त नहीं कर पाई, चिल्ला पड़ी...उसे देख-देखकर अब छोटा भी...बच्चों के पिता को तो कुछ कहने, समझाने का कोई मतलब नहीं..."

मझली का सिर पीछे टिका था। चेहरा तर। बड़ी ने आगे कुछ न पूछा, न उसने कहने ही दिया। सिर्फ कहा—"जा, आँखें धो आ, दोनों आती होंगी... देखेंगी तो तूफान मचा देंगी..."

साचगुच दोनों हड़बड़ाती हुई चढ़ीं।

"अरे-अरे—चायवाले भइया! इधर, इधर आना—बस चार कुल्हड़..."

"लो, छलकाई न कपड़ों पर..."

"छलकेगी नहीं? पकड़ो-पकड़ो चीखे जा रही थी, मुझे गरम नहीं लग रहा था क्या?"

"तो मैं...मैं पैसे नहीं निकाल रही थी क्या!" सँझली थी।

"और मझली? कहाँ गई...उसे भी इसी समय बाथरूम जाना था?"

"ले, तो तेरी वजह से मैं बाथरूम नहीं जाती क्या?"

बाथरूम से मुँह धोई, तरोताजा मझली निकल रही थी—

बड़ी ने राहत की साँस ली।

"अच्छा बड़ी! तुम्हारा भी हमारी तरह लड़ने का मन करता होगा न!"

"नहीं, मेरे और बड़ी के लड़ने की गुंजाइश ही कहाँ छोड़ती हो, तुम दोनों, जनम की लड़ाकनों..."

मझली के कहते ही दोनों छोटी बहनें उस पर टूट पड़ीं—

"वाह जी—वाह! चली है 'बड़ी' की बराबरी करने...देखो, कैसी दूध की धुली बन रही है। हमें सब याद है, बचपन में हम दोनों, जो भी चुराते, खाते, गिराते या तोड़ते, सबकी चुगली झटपट अम्मा से कर आती थी।"

"फिर? मैं तुम दोनों से बड़ी नहीं थी? तुम जैसी छोटियों और चोट्टियों को सुधारना भी तो मेरा फर्ज था।"

"मी लॉर्ड! सुधार का नाटक करने वाली यह मझली अपनी खुराफतों पर पर्दा डाल रही है। वरना तो कच्ची इमली, खट्टी अमियाँ, अमचूर-चीनी, चुरा-चुरा कर खाती ये...और हाँ, दूध के ऊपर की मलाई भी...खी-खी-खी..."

"देख लो, मेरा केस इतनी चटपटी चीजों से भरा होता कि तुम दोनों भी पास आकर...जबान चटखार-चटखार कर माँगतीं..."

"हाँ, दूध-मलाई तो मझली को शुरू से भाती थी।" बड़ी मगन होकर बोली।

"वाह बड़ी वाह! मझली की चोरी पर भी तुम्हें प्यार आ रहा है। हे भगवान!"

"मझली इतनी गबदुल्ली सी थी (मलाई खा-खा कर) कि सभी को इस पर प्यार आता था..."

"देखो कैसी फूल कर कुप्पा हो रही है...और हम दोनों छोटियाँ?"

"तुम दोनों तो सींक-सलाई सी थीं...एक-दूसरी की चोटियाँ खींचती रहती थीं और 'छोड़ो मेरी चोटी'...कहकर चीखती, रोती भी रहती थीं...लेकिन चोटी दोनों में से कोई नहीं छोड़ती थी..."

"हाउस्वीट...ही-ही-ही..."

"और मी लॉर्ड! इन दोनों चिन-मिनों को चुपाने और तंग आने पर चाँटे लगाने की जिम्मेदारी माँ हमी दोनों पर तो छोड़ती थीं...न बड़ी?"

"ऑर्डर! ऑर्डर..." दोनों छोटियाँ चीखीं।

"निरी बेवकूफो? ऑर्डर-ऑर्डर जज करते हैं, अभियुक्त नहीं..."

"तो मी लॉर्ड! अम्मा का आदेश मिलते ही यह मझली आव देखती थी न ताव, बस हमें चाँटे लगा दिया करती थी...आप तक बात पहुँचने ही नहीं देती थी—जानती थी न कि बड़ी तो कभी चाँटे लगाएगी नहीं..."

"बिलकुल सँझली! शोषण, धोखाधड़ी और धाँधली के जितने आरोप इस मझली पर हैं न..."

"अरे देश की आज जो हालत है उसकी आधी से ज्यादा जिम्मेदारी इस मझली पर ही..."

"चोऽऽऽप्प!" मझली झपटी।

तीनों की इस गुत्थमगुत्था में पानी पीती बड़ी को इतनी जोर की हँसी आई कि हँसते-हँसते सुरसुरी चढ़ गई...तीनों बहनों में, बड़ी का माथा ठोकने, पीठ सहलाने और पानी तलाशने की होड़ मच गई...

मी लॉर्ड का मुँह धुलाया गया और न-न करते भी उसका सिर मझली ने अपनी गोद में रखकर लिटा दिया और बाकियों से चुप रहने का इशारा किया।

छोटी, कान के पास मुँह ले जाकर फुसफुसाई, "बड़ीऽऽ! आराम हुआ कुछ?"

सँझली ने पूछा—"सिर के नीचे तौलिया रख दूँ?"

बड़ी ने हाथ से 'न' का इशारा किया और आँखों पे कोहनी रख ली।

शान्त, स्तब्ध तीनों बहनें एक-दूसरी को चुप का संकेत देती बैठी रहीं।

गाड़ी एक छोटे स्टेशन पर रुकी और मिनटों में सरपट दौड़ चली।

"आज स्टेशन कितनी जल्दी-जल्दी आ रहे हैं न!" एक बहुत धीमे से दूसरी के कान में फुसफुसाई।

दूसरी ने 'श: चुप' कहकर...आँखें तरेरीं!

"बड़ी! माथा दु:खता है? हम दबा दें"...कहते हुए तीसरी ने कोहनी उठाई तो आँखों के पीछे तक की लटें तरबतर...

वह गीलापन तीनों बहनों ने एक साथ देखा और उनकी आँखें डबडबाती चली गईं।

पूछ भी नहीं पाईं कि क्या दु:खता है बड़ी!

तीनों ने एक साथ सोचा, हम अपने ही दु:खों के खटरागों से उसकी झोली ठूँस-ठूँस भरते रहे।

वह हम सब की सुनती, समझती, सहलाती, बहलाती रही। मुग्ध भाव से हँसती-हँसाती रही...लेकिन उसके मन की गाँठें...

"क्या हुआ पगलियो? चुप क्यों हो गईं तुम सब? क्या बात है, बोलो?"

"कुछ नहीं, बस स्टेशन बहुत जल्दी-जल्दी आ रहे हैं न, वही..."

"गाड़ी थोड़ी लेट हो जाती तो क्या बिगड़ जाता इसका..."

"कैसी बच्चों सी नटखटिया बातें..."

"फिर न जाने कब कर पाएँ! ऐसी बेतुकी ऊटपटाँग बातें...न बड़ी!"

"अचानक गाड़ी एक तेज धड़धड़ाहट के साथ पुल पर से गुजरने लगी। बड़ी ने जल्दी से अपना बटुआ खोला और तीनों बहनों को एक-एक सिक्का थमा दिया।

"जैसे बरसों बरस पहले माँ और पिता दिया करते थे।

हाँ, वे पुल से गुजर रही थीं—अतीत और वर्तमान के...चारों ने एक साथ खिड़की से सिक्का फेंका। छन्न की आवाज के साथ, पुल के आयताकार गार्डर से टकराते सिक्के, चार नन्हे वृत्त बनाते, पानी में विलीन हो गए।

"लाओ, एक भाई के नाम का भी डाल दें।"

"कहाँ होगा इस वक्त!"

"शायद बहुत दूर, अरब देशों में बन रहे बाँध के नीचे बहती नदी को ही देख रहा होगा...हमारी तरह..."

"जाने क्यों अरब देश चला गया..."

"तुझे कुछ पता नहीं—मकान पर कर्ज बढ़ता जा रहा था..."

"समय रहते कर्ज पर काबू करना था न उसे..."

"माँ की बीमारी वाले कर्ज का क्या करता वो..."

"अरे, भाई के नाम का सिक्का तो डाला ही नहीं?"

"लेकिन नदी तो गुजर गई...

"दूसरी आएगी। इस रास्ते में तीन नदियाँ आती हैं—गंगा, गोमती और घाघरा...

"तुम्हें कैसे मालूम, बड़ी?"

"हम जब भी इस रास्ते से गुजरते, माँ-बाबूजी बताते..."

"तुम्हें बाबूजी की याद है?"

"ले, मैं तो तेरह की थी—और इस रास्ते से तो हम हर साल छह महीने पर गुजरते।"

"हम सब भी?"

"हाँ, लेकिन बहुत छोटी थीं तुम दोनों। हम सब साथ-साथ...ये ही शहर, रास्ते, नदियाँ...बनारस, इलाहाबाद, मिर्जापुर, जौनपुर...गंगा, यमुना, घाघरा, गोमती..."

"अच्छा बड़ी! तुम छोटी थीं तो कैसी दीखती थीं?"

"ले, तूने बड़ी की। वो बचपन वाली फोटो देखी नहीं? लेसदार फ्रॉक, नन्हे-नन्हे बूट, हाथों में जापानी गुड़िया।"

"और सर पे फुलनेदार टोपा नहीं? ही-ही-ही-ही..."

"हाँ," बड़ी गर्व से बोली—"तब तक अकेली मैं ही थी न, यह मझली गबदुल्ली तो मुझ से पाँच साल बाद पैदा हुई...तो जरा छींक आई, जरा हिचकी भी ली मैंने कि तहलका मच जाता—डॉक्टर, वैद्य, दीठ, दिठौने, राई-मिर्च उतारी जाने लगतीं...उस जमाने में भी मेरे लिए मर्तबानों में बिस्कुट, टॉफियाँ रखी रहती थीं कि कब किस चीज की फरमाइश कर बैठूँ...मैं"

"लेकिन तुम कुछ खाती ही नहीं थीं न—जब देखो, हम छोटियों के सामने भी अम्मा तुम्हारी ही चिन्ता में हलकान...दुष्टनियो! आपस में छीन-झपटकर सारा कुछ खा जाती हो...यह नहीं कि जरा बड़ी बहन को भी..."

"वाह! वह खुद क्यों नहीं खाती? जैसे हम खाते हैं, वह भी खाए..." तो अम्मा बड़े लाड़ से कहतीं—"वह कहाँ खा पाती है!...चिड़ियों के बच्चों सी टूँगती है...एकाध बार तो इतना गुस्सा आता कि चलो हम भी नहीं खाते...देखें अम्मा हमें भी बड़ी की तरह खिलाती हैं...कि नहीं...लेकिन घंटे, आध घंटे बीतते

न बीतते, हम वापस भंडारे से आँवले के मुरब्बे निकाल रहे होते...सच में बड़ा गुस्सा आता था, तुम पर लुटते लाड़ को देख कर..."

"नहीं, बड़ा अच्छा लगता था, बड़ा मजा आता था।"

"जानती हूँ क्योंकि तुम सब भी तो उसी लाड़ में शामिल होती गईं। तुम सबको अहसास भी है इसका। है न!"

"हाँ बड़ी! है..."

"इसका भी कि हमारी माँ, हमारे पिता कभी उदासे नहीं हम बेटियों को देखकर...उन्होंने हमें अपने लाड़ से इतना पूर दिया, स्नेह-दुलार की इतनी भरपाई कर दी कि हम पूरे जीवन अघाए रहे। जीवन में आने वाले सारे दुःखों, दुरापदों को सह, लड़ ले जाएँ। वह स्नेह, हमारे जीवन की बावड़ी पर स्निग्ध तेल-सा उतराया रहे...बाकी सारी धूल-धक्कड़ तलछट होती चली जाए...।"

"लेकिन तू आज सिर्फ अपनी बता...बड़ी! अपने दुःखों, अपने दुरापदों की...कहाँ सह ले गई, कहाँ लड़ ले गई। अपनी बावड़ी की बात! तुझे नहीं मालूम, माँ हमेशा तुझे सोचा करती थीं, पर हमारे पूछने पर कुछ नहीं बताया कभी..."

"माँ की तो आदत थी परेशान होने की...चलो, रात घिरती आ रही है... कब से खाया नहीं तुम तीनों ने..."

"नहीं, हमें बिलकुल भूख नहीं है...तुम बहका रही हो...आज...आज बताओ बड़ी...हम फिर न जाने कब मिलें...क्यों छोड़ दी थी तुमने अपनी कोठी? क्यों त्यागा, राम की जगह सीता ने राजपाट...सारी सुख-सुविधाएँ..."

"सुख नहीं, सिर्फ सुविधाएँ...और सुविधाएँ सुख या दुःख का कारण नहीं हुआ करतीं।"

"तब फिर? कारण?"

"कारण बाहर से ज्यादा हमारे अन्दर के हुआ करते हैं रे! बाहर जो कुछ घटता है, उससे ज्यादा हमारे अन्दर घटित होता रहता है और असल में वही हमारा जीवन संचालित करता है..."

"तोऽऽऽ"

"तो बस समझ ले...मन हठ कर बैठा कि बस बहुत हुआ, अब इस हवेली

में रहना नहीं हो पाएगा...मोहमाया त्यागने की घड़ी आ गई..."

"यूँ ही? नहीं, प्लीऽऽज बड़ी! बुझौलिया मत बुझाओ...ठीक-ठीक बताओ, एक-एक शब्द...मुश्किल से हम साथ हुए हैं...बड़ी।"

"सिर्फ हम चारों।"

"यह समय सिर्फ हमारा है।"

"और रात बीतने के साथ फिर छिन जाने वाला है..."

"तो बताओ बड़ी! ठीक-ठीक, कब? कैसे?"

"बस ऐसे ही...किसी जलसे की शाम...बैठकखाने से आवाजें आ रही थीं...अपने-अपने खानदानों की खूबियाँ बखानी जा रही थीं...राव उमराव सिंह की आवाज बुलन्द हुई—हमारे यहाँ तो हमेशा बेटे की पैदाइश पर बन्दूकें दागी जाती हैं जनाब!...बाकायदे ऐलान किया जाता है, खानदान के नए वारिस की पैदाइश का...लेकिन इसके पहले कि लोगों की रश्क भरी वाहवाहियों का समा बँधे...रायजादा साहब की अन्धे अहंकार से भरी आवाज गूँजी थी—लेकिन हमारे यहाँ तो बन्दूक दोनों हाल में दगती हैं उमराव सिंह! बेटा हुआ तो भी, बेटा न हुआ तो भी..."

एक जोरदार ठहाके से भरी दाद मिली थी इस घोषणा को—

"क्याऽऽऽ"

"मैंने लाख पीछा छुड़ाना चाहा लेकिन उसके बाद रात-दिन, सोते-जागते वे शब्द मेरे अन्दर धाँय-धाँय दगते रहे...मैं उन आवाजों से डरकर गुमसुमी सुरंगों में सुन्न होती चली गई। मेरे लेसदार फ्रॉकों की झालरें नुचती चली गईं, मेरे हाथों में पकड़ी जापानी गुड़िया क्षत-विक्षत थी...और टॉफियों वाले मेरे मर्तबान चकनाचूर...मैं शहजादियों वाले झूले की ऊँची पेंग से नीचे औंधे मुँह गिरी थी—अचानक मुझे लगा, मेरी कोख को सहमकर सूख जाना चाहिए। हमेशा के लिए बंजर..."

"और...तुमने हवेली छोड़ दी...नं!"

"वहाँ पाने लायक था भी क्या...जो रखने-सहेजने को मन होता...सहेजने लायक तो वह बचपन था जो हमने जिया। मन में सोचा, अहंकार के इस बर्बर साये में भावी सन्ततियाँ भला कैसे फलेंगी-फूलेंगी...बेटी हो, चाहे बेटा...ऐसी

नृशंसताओं के भरोसे नहीं छोड़े जाने चाहिए न! कोई सृष्टि नहीं पनपने वाली यहाँ..."

"ओह बड़ी!..."

"धीरे-धीरे उस सन्नाटी हवेली की पथरीली मनहूसियत समझ में आने लगी थी, जिसमें बरसों से किसी बेटी की किलकारी नहीं गूँजी थीं...हवेली तरसती रह गई थी...सिर्फ कुछ मिथ्याभिमानी और अहंकारी कुटेवों की वजह से...।"

"फिर?"

"बहुत सोचा और शुभांगी को ले आई। मैं प्रतिश्रुत थी, हवेली के प्रति भी। अन्याय नहीं कर सकती थी न!"

"लेकिन उनके माँ-बाप ने..."

"पूछा था मुझसे...मैंने कहा, वन्ध्या हूँ मैं...बस इतना छुपाया कि यह वन्ध्यत्व मेरा स्वयं का चुनाव है।"

"और बड़ी! तुम्हें नहीं मालूम, तुम्हें लेकर कैसी-कैसी किंवदन्तियाँ कही-सुनी जाती रहीं पास दूर से...कैसी बेतुकी अफवाहें...रहस्य भरी चर्चाएँ, लोकापवादों से जोड़ कर..."

"वह सब मैं नहीं जानती...लेकिन मेरे जीवन का चरम-आह्लाद...जब शुभांगी ने हवेली में अपनी अगवानी के तुरन्त बाद, मेरे कमरे में आ, मेरे पाँव छुए और अपनी सौगंध देकर पूछा—

"आपके वन्ध्यत्व का रहस्य क्या है, मुझे बताएँगी दीदी!"

"तो? तुमने बताया बड़ी?'—

"उसकी दृष्टि इतनी निष्पाप और खरी थी कि झूठ बोलना उसके साथ छल होता। जानने पर बोली—तो अपने संकल्प में मेरी अंजलि भी शामिल कर लीजिए...।

"मैं सिहर गई—नहीं, यह हवेली के साथ विश्वासघात होगा। मैं तुम्हें इसलिए नहीं लाई हूँ।

"वह अड़ गई—'बिलकुल नहीं, यह एक नई शुरुआत होगी। विश्वासघात तो कितनी कोखों के साथ इस हवेली की पीढ़ियाँ करती आई हैं दीदी...आप परेशान मत होइए, हम कोई साजिश, षड्यंत्र नहीं रच रहे...हम सिर्फ एक सही

शुरुआत की कोशिश कर रहे हैं...आपको भी बीच में नहीं लाऊँगी—आपने तो बोतल से जिन्न बाहर निकाल दिया। अब उसे उसका काम करने दीजिए—लेकिन निर्णय की घड़ियों में आपके पास ही आकर पूछूँगी—हुक्म मेरे आका..."

साँस रोककर सुनती तीनों बहनों का सब्र जवाब दे गया—"लेकिन, लेकिन लोग कहते हैं...उन पर बहुत जुल्म हुए...उन पर भी बन्दूक चली..."

"नहीं...वह तो हवेली का भाग्य पलटने आई थी, अपना काम पूरा कर के गई। जो मुझसे कहा, कर के दिखाया। दाँतों तले उँगली दबाकर लोगों ने देखा उसका न्याय। जैसे नियति को अपने वश में कर, अपना चाहा करवाती गई! प्रारब्ध का हर खेल उसके इशारों पर..."

"कैसे बड़ी?"

"एक करिश्मे की तरह...जो किसी ने सोचा तक नहीं था—पहलौठी के बच्चे जुड़वाँ—एक बेटी एक बेटा...और उसमें भी—बेटी तो आसानी से जनम गई, लेकिन बेटे की नाल फँसी रह गई...सारी तहसील के डॉक्टरों का जमघट लगा था हवेली में...सलाह-मशविरों के बाद एकमत होकर औजार से खींचकर निकाला गया शिशु को—बचा भी ले गए...निढाल, लस्त, निस्तेज होती हुई भी मुझे देखकर हँसी थी शुभांगी—देखा बड़ी दी! टेक रखी न मैंने। राय साहब ने (अनमने मन से ही सही) बेटी स्वीकारने का वचन दिया, तो मैंने भी अपने दोनों की तरफ से उन्हें इनाम बख्श दिया। मुझे शाब्बाशी नहीं देंगी?

"मैं उसकी निस्पन्द होती हथेलियाँ सहलाती रही थी। जितनी शाब्बाशी, जितना प्यार और जितना आभार उसका मुझ पर था, उतना ले पाने का वक्त तक नहीं था उसके पास!..."

"क्यों...बड़ी!..." आशंकित बहनें रो पड़ीं।

"क्योंकि सारे उपायों के बावजूद डॉक्टर थक्कों, झोंकों में होता रक्तस्राव नहीं रोक पाए थे। असहाय से सब उसे धीरे-धीरे अस्त होते देखते रहे...विजय गर्व से दीप्त आँखें बुझती चली गईं—चेहरे पर धूप-सी खिली रहने वाली मुस्कान निस्पन्द होती गई।"

"तो इसका मतलब बन्दूक दगने वाली बात..."

"सही है...राय साहब ने खुद उसके सम्मान में दागी और बन्दूक उसकी

चिता के हवाले कर दी..."

"सुनने में ये सारी बातें सच नहीं, कहानी लगती हैं, बड़ी..."

"मैं खुद भी उससे यही कहती थी, तो कहती, वैसे भी कुछ ज्यादा फर्क है नहीं बड़ी दी कहानी और सच में...जहाँ तक सोचो, वह सब कहानी और हिम्मत कर, कर डाला तो...सच...मुझे भी लगता है, शुभांगी सच से ज्यादा एक कहानी थी। लेकिन मेरे जीवन के सबसे सुन्दर सच, शुभांगी से जुड़ी स्मृतियाँ हैं। मंगल तोरण-सी सजी। जैसे स्त्री-जीवन की सारी ऊर्जा, सारा वरेण्य, संचित हो वहाँ... बहुत चिढ़ाती, खिझाती थी मुझे...कभी कहती—आज रात, राय साहब से बात करने वाली हूँ दीदी!...तैयार रहिएगा...क्या मालूम आज की रात ही गोली चल जाए?...फिर मेरा सफेद फक् होता चेहरा देख हँस पड़ती...आप भी बड़ी दी... शुभांगी को समझती क्या हैं?...आपका चाहा पूरा किए बिना हिलने वाली नहीं इस हवेली से...लेकिन ये तो बताइए...बाद में, बहुत बाद में, कितनी-कितनी बेटियों की सप्तपदियाँ पढ़वाना चाहेंगी आप इस हवेली के आँगन से? आप जितनी कहेंगी, उतनी बेटियाँ जनूँगी...और हँसती जाती...

"मैं भावुक हो जाती—न जाने कितनी पीढ़ियों की अजन्मी बेटियों का ऋण हम पर है शुभांगी, जो हमारे बचपन वाली लाड़-दुलार की अपार सम्पदा से वंचित कर दी गईं...यह प्रायश्चित लम्बा चलने वाला है..."

"बाप रे...तब तो आप ही चलाइएगा...समझीं...मैंने आपका कहा किया... तो आप भी तो मेरा कहा—और करना भी क्या है एकदम आपकी मन चाही बात...आप ढेर-ढेर सारी बच्चियों में अपना बचपन, ही तो साकार होते देखना चाहती हैं न!"

"हाँ, शुभांगी—एक ऐसा बचपन, जो पूरा जीवन सँवार ले जाने की ताकत और आत्मविश्वास दे पाए, उन बच्चों को। हमारे पास जो पूँजी होगी, वही तो हम सारी उम्र दूसरों पर खर्चेंगे—सौंपेंगे...। हमारा बचपन तो एक अदृश्य ताल की तरह है न...जब चाहे डुबकी मारकर तरोताजा हो लें...नई ताकत, नई ऊर्जा... और मछलियों की तरह जी भरकर तन-मन भिगो लें...'

"और जब लोग पूछें, मछली-मछली! कित्ता पानी?"...छोटी मुग्धखिलखिलाई।

"तो हम कह सकें कि इतना पानी कि समूची धरती, कमल-ताल सी खिल

जाए...। रेलगाड़ी की यह आधी रात हम सबने आँखों में काट दी। सुबह जल्दी उठना है न! चलो, सो जाओ सब..."

बाहर-भीतर का सन्नाटा गहराया था। ट्रेन अपनी रफ्तार पर...। अँधेरे में एक सहमी फुसफुसाहट तैरी थी...

"बड़ीऽऽ! सो गईं?..."

"नहीं, सँझली, तुझे ही सोच रही थी।"

"एक बात कहनी थी तुझसे..."

"कह डाल!"

"तुम्हारे और शुभांगी दी जितनी तो नहीं, लेकिन एक छोटा ही सही पर बहुत दुस्साहसी कदम मैं भी उठा ले गई बड़ी...तुम से उस पर सही करवाना चाहती हूँ। मझली और छोटी के सामने हिम्मत नहीं पड़ी...। बड़ी! वृन्दा न, वृन्दा अब नहीं मेरे पास...मैंने उसे एक रात चुपचाप पिछले दरवाजे से चली जाने दिया..."

"जानती हूँ..."

"क्या?"

"कि गलत नहीं किया तूने!"

"...बस यही सुनना था तुझसे..."

"तेरी जगह हम तीनों में से कोई होती, तो भी अपनी बेटी के साथ यही करती, समझी।"

"लेकिन आशुतोष ने उसका गुस्सा मुझ पर उतारा।"

"तो...जान गए वो..."

"वो तो जानते ही...। मुझसे उगलवाने की तरकीबें उन्हें मालूम हैं।"

"हम सबको सच छुपाने की युक्तियाँ भी नहीं आतीं न!..."

"वृन्दा बहुत रोती थी...। वह इस तरह अपने घर से, रात के अँधेरे में छुपकर नहीं जाना चाहती थी। वधू-वेष में धान-पान के साथ विदा होना चाहा था उसने। विट्ठल ने भी। उसे यह भी पता था कि उसके जाने के बाद आशुतोष मुझे..."

"मुझे मत बता सँझली..."

"मेरा मन हल्का हो जाएगा बड़ी!"

"लेकिन मेरा मन भारी हो जाएगा बेटा!...तू बस इतना सोच, तूने वृन्दा और विट्ठल को उनके जीवन की सबसे बड़ी खुशी सौंप दी।"

"जो मुझे नहीं मिली...न बड़ी।"

"तभी तो तूने बेटी के सुख की कीमत अदा करने का जोखिम उठाया।"

"लेकिन मन घबराता है बड़ी!...पता नहीं कैसे हैं, दोनों...आशुतोष का ठिकाना नहीं..."

"दोनों ठीक से हैं...सुरक्षित..."

"सच! तुमने कैसे जाना बड़ी?"

"वृन्दा ने मुझे पत्र लिखा था, फोन पर बात भी की...उसे और विट्ठल को तेरी बहुत चिन्ता है।"

"लेकिन आशुतोष..."

"समझ जाएँगे। एक इनसान उनके भीतर भी है। तू ले आएगी उस इनसान को बाहर!...सो जा अब।"

सुबह की उजास फूटने से पहले ट्रेन किसी स्टेशन पर रुकी। मझली ने खिड़की से बाहर झाँका—अन्दर एक हौल-सी उठी—

"उ-मे-द-पुर आ गया।"

"क्याऽ?..." बाकी बहनें झटके से उठ, रुआँसी हो आईं...

"इसका मतलब कुल तीन स्टेशनों बाद मझली को उतरना है।"

"छोटे-मोटे सामान समेट ले मझली।" बड़ी ने पीठ पर हाथ रखा।

"मैं स्टेशन से चाय लाती हूँ।"—सँझली थी।

"धत् पगली! अभी तो सुबह की किरन भी नहीं फूटी है।"

"मिलने तो दे। देख तो रही हूँ, पूरा प्लेटफार्म कितना सनाका है।"

"मेरे दो स्टेशन बाद ही तुझे भी तो बस पकड़नी है न!"

"हाँ,...फिर बड़ी उतरेगी। सो तो छोटी रहेगी ही। वह आखिरी स्टेशन तक गाड़ी का पिंड नहीं छोड़ने वाली। सुन, तू सँभलकर उतार देना बड़ी को, अच्छा।"

"मेरी चिन्ता मत करो। मनु और प्रिया आएँगे न, उतार लेंगे मुझको। छोटी को ट्रेन से नीचे उतरने की जरूरत नहीं।"

"बड़ी! आखिरी स्टेशन पर तो अकेली ही उतरेगी न छोटी? और वहाँ से टैक्सी लेकर अकेली ही एयरपोर्ट भी जाएगी...तो बिना ट्रेन से उतरे ही?"

"वो बात और है...वहाँ तो पूरी ट्रेन ही रुक जानी है।"

"अरे, एक और स्टेशन गुजर गया। ट्रेन को थोड़ा तो रुकना था। रुकी ही नहीं।"

"जाने कौन-सी आफत आई जा रही है इस गाड़ी पर कि बदहवास भागी जा रही है...।"

"हमेशा लेट होती है यह ट्रेन...आज लेट भी नहीं हुई...।"

"कल तक हम चारों अलग-अलग अपने-अपने ठिकानों पर होंगे न!"

"फिर न जाने कब..."

अचानक छोटी बेसब्र हो बोल पड़ी—'बड़ी!'

"बोल", बड़ी ने प्यार जताया।

"अगर हम इस गाड़ी के इंजन को पीछे की तरफ लगा दें, तो यह ट्रेन उलटी चलती जाएगी न!...और हम सब ऐसे ही बैठे रहेंगे, साथ-साथ...कभी अलग नहीं होंगे..."

"अरे वाह! शाब्बाश छोटी! क्या बात सूझी है तुझे...चल, हम चारों बहनें इस गाड़ी के कलपुर्जे तजबीजते हैं और ऐसी चाभी घुमाते हैं कि हम चारों हमेशा-हमेशा..."

वे सब आखिरी बार एक साथ उन्मुक्त हँसना चाहती थीं कि—

"स्टेशन आ गया"—

उतरने से पहले वे चारों एक साथ गलबहियों में प्रार्थना के गुम्बद की तरह जुड़ीं, फिर अलग-अलग हो गईं।

गाड़ी धीरे-धीरे खिसक रही थी।

निर्जन प्लेटफॉर्म पर, मझली अकेली अपने थैले के साथ खड़ी थी...और ट्रेन के दरवाजे पर सिर से सिर जोड़े तीनों बहनें एकटक, ओझल होने तक उसे देखे जा रही थीं...।

वाचाल सन्नाटे

मैं उन्हें बहुत पहले से जानती हूँ...।

मेरे देखते-देखते कहानी बन गईं वे।

कुल साढ़े छह-सात मिनट की कहानी।

(साठ-सत्तर साल लम्बी जिन्दगी की।)

हकीकतों की कहानी बनते, कोई जलजले-तूफान थोड़ा आया करते हैं।

बस जैसे-जैसे शक्करखोरे सच झुठलाते जाते हैं, कहानियाँ बनती जाती हैं।

सामने सोफे पर बैठी हैं वे!

एक तरफ उनका स्ट्रोलर और शोल्डर बैग रखा है।

हल्के बादामी प्रिंट की साड़ी फब रही है, उनकी गेहुँई रंगत पर।

सफेद बालों के साथ एक शालीन सामंजस्य बिठाती हुई।

चश्मा भी गहरे रंग के बारीक फ्रेम वाला।

(टूटी कमानी वाला नहीं...)

हाथों में घड़ी और पैरों में बाटा सोल की चप्पलें। और इन सारे कुछ के सेंटर-प्वॉइंट की तरह, गर्दन के नीचे, पतली चेन में झूलता पति के नाम वाला लॉकेट...।

हम थोड़े अन्तराल पर कुछ न कुछ बोल ले रहे हैं। कुछ भी कहना या पूछना...जिससे सन्नाटे का अन्देशा न रहे। लेकिन फिर भी सन्नाटा है। काफी

सन्नाटा। वे खुद भी बोलने की कोशिश कर रही हैं, लेकिन उनकी आवाज आधी से ज्यादा गुम जा रही है...और सन्नाटा जैसे इसी की ताक में हो। मौका पाते ही चारों तरफ पसर जा रहा है। एक बेहद वाचाल सन्नाटा। सबके ऊपर, सबके बावजूद। और तब उनकी आवाज और ज्यादा गुमी सी लगने लगती है।

थकी भी तो बहुत हैं!

उनकी ट्रेन सुबह चार बजे ही पहुँच गई थी। मेरे पति पहुँचे तो वे उन्हें इसी तरह प्लेटफार्म की एक बेंच पर बैठी हुई मिली थीं।

"ट्रेन में भी काफी पहले से जगी रही होंगी आप! स्टेशन आने वाला होता है तो कहाँ सो पाते हैं...और प्लेटफार्म पर भी उतनी देर..."

"न...हीं...सफर में निकलो तो ये सब थोड़े-बहुत...?" थकान के बावजूद, वे मुस्कराने और स्वस्थ दिखने की पूरी कोशिश कर रही हैं।

सोफे पर बैठे-बैठे नीचे रखे शोल्डर बैग की तरफ, उन्हें हाथ बढ़ाते देख, मैं जल्दी से पूछती हूँ—"क्या चाहिए?...मैं निकाल दूँ?..."

"यूँ ही...देखना था, छोटी टॉवेल...इस्तेमाल के बाद रख दी है न!"...

मैंने जल्दी से बैग खोलकर ऊपर से ही देखा है..."रखी है न! ये क्या रही... आप भला भूल सकती हैं..."

उनके चेहरे पर हल्की रौनक आई।

मैंने फिर सन्नाटा तोड़ा—"ये कह रहे थे, स्टेशन पर बहुत चलना पड़ा आपको। चलते-चलते जरूर थक गई होंगी।"

"न, मैंने दवा खा ली थी प्लेटफार्म पर ही...। बटुए में ही रखे रहती हूँ।"

मेरे पति टोस्टर में ब्रेड डालते हुए कहते हैं...

"आ...प भी कुछ खा लेतीं तो अच्छा था।"

उन्होंने दूध-ब्रेड लेकर दुबारा गोलियाँ खा लीं...फिर थोड़ा इन्तजार कर आहिस्ते से पूछा है...

"कब तक पहुँचा पाएँगे मुझे?"

"बस—ये नाश्ता खत्म कर लें।"

वे जैसे अपने आप से कह रही हैं—

"बहू ऑफिस चली जाती है, साढ़े दस तक..."

"रीना तो वैसे भी चली गई होगी, आप के पहुँचने तक। सुबह के समय इस पूरे रास्ते पर ट्रैफिक पीक पर रहता है...।"

"लेकिन आप तो अभी रहेंगी ही—वहाँ, उन लोगों के पास..."

उन्होंने ढेर सारे अधूरे जवाब बुदबुदाए हैं,...जैसे—'हाँ' 'और क्या', 'वो तो है ही'..."तो कितने दिन रहेंगी?"

"देखो, कुछ दिन तो रहूँगी ही...जितने दिन भी...अभी कुछ ठीक नहीं..."

मुझे वे एक ऐसी शिला लग रही थीं, जिसे चारों तरफ से लहरें झिंझोड़ डाल रही हों और वह चूर-चूर, ध्वस्त होता अपना वजूद जी-जान से बचाने में लगी हों—

चाय की आखिरी घूँट लेते-लेते मेरे पति ने यकबयक पूछा है—"रीना तो ऑफिस चली गई होगी—रौनक और शौनक भी तो...जब आप पहुँचेगी तो घर में कोई होगा न!"...

"हाँ...वो काम करने वाली लड़की कुन्दा है न...वो होगी..."

हमें बरबस एक कुटिल हँसी छूटी है...तो, कुन्दा से मिलने की इतनी बेसब्री।

लेकिन मेरी हँसी बर्फ सी जम गई है...। उनके अन्दर चलते मौन-संवादों का शोर बढ़ गया है, जैसे किसी किले में घमासान मची हो...वे दरवाजा पीट-पीटकर बाहर आना चाहते हैं, लेकिन उन्हें सख्त मनाही है। दरवाजे पर 'उनका' सख्त, नि:शब्द पहरा जो है।

उम्र के इस मुकाम पर, कोई आहट उनके अन्दर की कहानी कह जाए, यह उन्हें मंजूर नहीं। इसलिए साइलेंट स्ट्रोक की तरह संवाद अन्दर चल रहे हैं—कि, घर में कुन्दा के साथ-साथ उनके बेटे की फ्रेम में मढ़ी मुस्कराती तस्वीर भी है... शायद उनका रास्ता देखती हुई...(ऐसा उन्हें लगता है।) शौनक माँ पर गया है लेकिन रौनक बिलकुल बेटे पर...वैसा ही जगमगाता चेहरा...बोलती आँखें... देवदारू काया...शाम को लौटेगा रौनक...तस्वीर से बाहर आएगा बेटा—

वरना बहू ने फोन पर कहा था..."हम सब ठीक हैं, और यहाँ आपको लुकआफ्टर करने वाला भी तो कोई नहीं..."

"जरूरत नहीं," उन्होंने धीमी आजिजी से कहा था—"गोलियाँ रहती हैं मेरे पास, अब..."

यह कहते हुए, पिछली बार उमड़े अपने साइटिका के दर्द को सोचकर संकुचित हुई थीं वे।

"फिर भी...शौनक का फाइनल इयर है और...रौनक की टाइमिंग भी बड़ी 'वियर्ड' है...

"कोई बात नहीं, फिर भी कुछ दिनों ही, रह लूँगी, बच्चों के और...तुम्हारे पास..."

"मैं भी तो सुबह से शाम तक ऑफिस ही रहती हूँ...फिर...अकेली ही रहेंगी आप..."

"यहाँ...(इस बेटे के पास) भी अकेली ही हूँ।"

"तो फिर...आने का फायदा!"...

फायदा!...अचानक अन्दर का शोर बढ़ गया है। लहरें भी एक साथ, शिला को पीटने पर आमादा है...'फायदा' चिल्लाती हुईं...हाँ, फायदे हैं न, बहुत सारे... जैसे यही कि लोगों का यह भ्रम बना रहे कि उनकी दुनिया अभी अपनी जगह दुरुस्त है। जीवन में सारा दुर्भाग्य ईश्वरीय आघातों का ही है, शेष सब पूरी तरह सामान्य। इस पकी आयु में वह पूरी तरह बच्चों के सुरक्षा-वलय में अवस्थित हैं। सुखी सुरक्षित और सम्मानित, वह बच्चों के पास आ-जा रही हैं...यहाँ से वहाँ...वहाँ से यहाँ...कहीं कोई उपेक्षा, अवहेलना या तिरस्कार नहीं है...सब जगह सम्मान और सुव्यवस्था है, समस्या कोई नहीं...

वो तो, उनकी बहू रीना का फ्लैट दूर पड़ता है, रौनक, शौनक की टाइमिंग काफी 'वियर्ड' है...और हमारा घर स्टेशन के पास है...इसलिए 'उन लोगों' को स्टेशन बुलाना ठीक नहीं समझा उन्होंने...बल्कि उन्हें खुद ही स्टेशन आने से रोक दिया...और मुझसे फोन करके पूछ लिया कि क्या मेरे पति विमलेन्दु जी उन्हें स्टेशन से अपने घर ला सकते हैं?

(ट्रेन सुबह चार बजे ही पहुँचती है, लेकिन इसकी कोई बात नहीं...यह ट्रेन ज्यादातर लेट रहती है। नहीं भी रही, तो वे मुसाफिरों की मदद से उतरकर किसी बेंच पर बैठ जाएँगी। सुबह का समय भी कितना अच्छा रहता है। "वे खुले में बैठी रहेंगी...। विमलेन्दु जी को स्टेशन पहुँचने के लिए जल्दबाजी करने की जरा भी जरूरत नहीं। वे इन्तजार कर लेंगी...। एकाध घंटे भी।)...

इसी बहाने मेरे पास भी रह लेंगी दो-ढाई घंटे। बाद में..."विमलेन्दु जी जब ऑफिस जाने लगें, उन्हें भी साथ लेते जाएँ...उनके ऑफिस से शायद दूर नहीं है 'उन लोगों' का फ्लैट...बहू चली गई होगी तो कुन्दा होगी ही घर में..."

"अरे बिलकुल-बिलकुल...हमारा खुद भी तो कितना मन है आपको देखने का। कितने सालों पहले की मिली हूँ आपसे—जब कम्पनी के परचेज यूनिट की लॉचिंग हुई थी...जब आपने सुनहले जरी बॉर्डर की बैंगनी साड़ी पहनी थीं...। जब हेल्थ मिनिस्टर ने काले ग्रेनाइट पर लगी गुलाबी डोरी खींची थी...

"और भी कि जब सीनियर साइंटिस्टों की सेमिनार में डी.के. आपको भी मनाली ले गए थे और उन्हें मिला फूलों का गुच्छा सगर्व, सस्मित, उन्होंने आपको थमा दिया था। पूरे हॉल में जोरदार तालियाँ बजी थीं...खचाखच फोटो खिंचे थे। तब का मैंने आपको देखा है...तब ये बच्चे छोटे थे, या नहीं थे...तब सिर्फ आप और डी.के. थे...बैंगनी साड़ी और फूलों के गुच्छे के साथ...।"

"विमलेन्दु जी के ऑफिस से ज्यादा दूर नहीं है न!...उन्हें परेशानी तो नहीं होगी?"...

(एक क्रूर सच, हवा में उड़ेगा, 'और हुई तो!' का चाँटा मारता गुजर जाता है।)

"असल में इसी से उन लोगों को स्टेशन आने के लिए मना कर दिया था कि जब विलमेन्दु जी के ऑफिस के पास ही है तो बेकार में उन्हें..."

"और क्या...अरे लीजिए"...मैं मुस्तैदी से आगे बढ़कर उनकी किलेबन्दी में मदद का हाथ बढ़ाती हूँ—"कुल चार-छह किलोमीटर ही तो है इनके ऑफिस से उन लोगों का फ्लैट...आज बस पौनेक घंटे जल्दी निकल लेंगे तो टाइम से ऑफिस पहुँच जाएँगे...कोई परेशानी नहीं..."

उनके झँवाए चेहरे ने जैसे किसी उजाले का आभास पाया है।

"और फिर, आप यह क्यों नहीं सोचतीं कि इस बहाने आप हमारे पास भी कुछ घंटों को आ गईं..."

"हाँ यही तो..." उनकी थकी आँखें मेरा शुकराना अदा कर रही हैं।

मैंने दुबारा उन्हें, उनके दलदल से निकाल कर, बाहर समतल, सूखी जमीन पर खड़ी करने की कोशिश की है...

"इतनी लम्बी यात्रा के बाद भी एकदम फ्रेश दिखाई दे रही हैं आप"...

वे हँसी सी..."अपनी केयर लेनी होती है न इस उम्र में...जिससे दूसरे को परेशानी न हों..."

मैंने उनकी जिजीविषा की टिमटिम लौ को लक्ष्य कर एक और दाद दी है—

"तभी तो अकेले, इतना लम्बा सफय तय कर पाई हैं आप..."

उनकी झुकी आँखें उठी हैं,...जैसे किसी मरणासन्न परिन्दे ने पंख फड़फड़ा कर, बचाने वाले के प्रति आभार व्यक्त किया हो।

"जी चलिए..." मेरे पति ब्रीफकेस लिये तैयार खड़े थे अब।

उन्होंने उठने से पहले फिर शोल्डर बैग की तरफ हाथ बढ़ाया है—

"मैं देखे देती हूँ न...बताइए"...

"कुछ नहीं...बस, देखना था, मैंने...पानी की बोतल भी रखी है न..."

"हाँ-हाँ...ये क्या ऊपर से ही खड़ी बोतल दीख रही है।"...

"हाँ, याद तो था कि...ढक्कन लगाकर रखी है...फिर भी..."

उठते हुए उन्होंने फिर से खुद ही स्ट्रोलर खींचकर ले चलने का एक हास्यास्पद उपक्रम किया, लेकिन मेरे पति ने तत्परता से स्ट्रोलर थाम, उनका शोल्डर बैग कन्धे पर लटका लिया और मुझे उनका हाथ पकड़ कार तक ले आने का संकेत कर आगे बढ़ लिये।

कार तक पहुँचते-पहुँचते अचानक मेरे पति ने महसूस किया कि कमर के आस-पास उनकी शर्ट और पैंट बुरी तरह गीले हो गए हैं। बैग ठीक उनकी कमर पर ही लटका था। हमने जल्दी-जल्दी उतारकर देखा तो बोतल का पानी चारों तरफ फैलकर बैग से बाहर रिस रहा था...

अब तक उन्हें सब समझ में आ गया था। वे हतप्रभ विस्फारित आँखों से मुझे गीली, सूखी चीजें अलगाते और बैग से पानी उलीचते देख रही थीं...। पति को, छोटी टॉवेल से जल्दी-जल्दी अपनी शर्ट-पैंट पोंछते तथा बोतल का बचा पानी फेंकते भी। यद्यपि यह करते हुए भी हम दोनों अपने-अपने संवादों की बेहतरीन अदायगी किए जा रहे थे...जैसे—अरे पैंट-शर्ट का क्या है...अभी दम के दम ऑफिस पहुँचने तक सूखे जाते हैं...या फिर...आजकल पानी की बोतल

इतनी बेकार बन ही रही हैं कि कितनी ही सावधानी से बन्द करो, ढक्कन की चूड़ियाँ ठीक बैठती ही नहीं...

पता नहीं पूरा दृश्य, निरीह ज्यादा था या हास्यास्पद...लेकिन मैंने आँखों की कोरों से भाँपा, वे वापस उसी शिला में तब्दील होती जा रही थीं जिसके लिए, चारों तरफ से आती लहरों के थपेड़ों से अपने आप को बचाए रखना मुश्किल होता जा रहा हो—जैसे अस्तित्व बचाने की इच्छा और शक्ति भी अब लगभग नि:शेष हो रहे हों—

तभी मेरे पति अचानक उनसे पूछ बैठे—"ये खाली बोतल...फेंक दी जाए या रखनी है...आप कहें तो रख लूँ या फिर..."

"अरे नहीं,"—उन्होंने भरपूर राहत और शक्ति बटोरकर कहा—"फेंक दीजिए—बिलकुल अभी...बोतलें तो वहाँ बहुत होंगी ही।"...

फिर वे कार में बैठीं और कार चल दी। अन्तिम बार, कार में बैठी उनके चेहरे की ओर देखकर मुझे लगा जैसे एक बार और अपना वजूद, टुकड़े-टुकड़े होने से बचा ले जाने में कामयाब हो गई हों वे...कम से कम खिड़की से झाँकता उनका चेहरा यही बता रहा था...।

विजयिनी

बातचीत आँगन में हो रही थी न इसलिए जाहिर था कि आवाज आँगन के चारों तरफ बने हर कमरे में पहुँचती और किसी न किसी कमरे में 'वह' होती ही है... सचमुच वह रसोई से चाय की ट्रे लिये पहुँच गई थी।

बुआ जी वैसे ही सहज लहजे में कहे जा रही थीं..."कहो तो मैं ले जाकर दिखा दूँ...वह, मेरे बड़े वाले दामाद के साले हैं न यहाँ के बड़े अस्पताल में..."

"हाँ...हाँ...यह तो बहुत अच्छा हो...लो बहू भी आ गई। इसी से पूछ लो..."

"क्या चीज बुआ जी..." उसने पूरी तरह अनजान लहजे में पूछा था।

"अरे अब शरद बड़ा हो गया...घर में एक छोटा मुन्ना आना चाहिए न.." बुआ जी ने बड़े वत्सल भाव से घिसा-पिटा जुमला दुहरा दिया...

उसने बड़ी सावधानी से एक हल्की नजर माँ जी पर डाली थी—

"बाप रे, मेरे ये तीन ही बच्चे बहुत हैं बुआ जी...मुझे नहीं जाना किसी डॉक्टर-वॉक्टर के पास...आप भी बुआ जी..."

"क्या?" बुआ ज़ी का मुँह आश्चर्य से खुला का खुला रह गया था और वह एक भरपूर विजयी दृष्टि माँ जी पर डालती, ट्रे उठा रसोई में वापस चली गई थी।

जीत-जीत...शायद जीत...या विध्वंस...तहस-नहस...बेआवाज हाहाकार!

एक-दो दिन बाद वह विमल किशोर ने बड़ी रूढ़ भद्रता और सहानुभूति

के साथ पूछा था..."तुम कहो तो...तुम्हें किसी डॉक्टर के पास ले चलूँ..." (मतलब...? आवाज सचमुच आँगन से हर कमरे में पहुँच गई थी।)

"तुम कहो तोऽऽ"...उसे लगा था, एक ज्वाला सिर से पाँव तक लहक जाने के बाद ठंडी, तुर्श बर्फ की तरह उसे अन्दर तक खरोंच रही है...उसे खरोंच से उबर कर, सहज होने में थोड़ा समय लगा था..."क्यों?"

"क्योंकि तुम्हें भी तो बच्चे..." विमल किशोर का वाक्य लटपटा गया था...

"तो आप क्या समझते हैं...शरद, बसन्त और स्नेहल मेरे बच्चे नहीं..."

आश्चर्य? कितनी सहजता से हँस गई थी वह!...विमल किशोर के चेहरे पर फैली हुई वह राहत कभी भूल नहीं पाई, वह आज तक...

बेटी, बेटों, पत्नी, प्रिया, प्रेमिका और अन्त में एक 'संरक्षिका' से मिली सुरक्षा की राहत!

विजय का एक नया कीर्तिमान! उन्मादिनी-सी मुस्करा पड़ी थी वह!

"मम्मी, मुझे मेरी पोलियस्टर वाली शर्ट अभी निकालकर दो...पापा के साथ होटल वाले को एडवांस देने जाना है..." शरद ने यूँ ही आदत के मुताबिक उसकी कमर पर हल्के-हल्के दो मुक्के जड़े थे लेकिन मिसरानी को देने के लिए आटे के अन्दर जाता उसका हाथ हिला था और काफी सारा आटा फर्श पर बिखर गया था। इसके पहले वह शरद को समझा चुकी थी कि होटल वाले को एडवांस देने जाने के लिए पोलियस्टर वाली नई शर्ट निकालने की जरूरत नहीं, पर शरद जिद पर अड़ा मिन-मिन किए जा रहा था। फर्श पर बिखरा आटा देखकर दिल तो यही किया था कि दाएँ हाथ की आटे भरी हथेली से लगाए एक भरपूर थप्पड़ कि पचास दफे कह दिया कि हाथ खाली नहीं... पोलियस्टर की नई बुशर्ट नहीं पहनकर जाएगा तो होटल वाला एडवांस लौटा देगा क्या?

लेकिन वह जानती है आटा निकलवाती मिसरानी, चाय सुड़कती वृन्दा चाची जी, और सब्जी काटती तीनों बुआओं...सबकी आँखों में एक जबरदस्त सस्पेंस है...कि देखें अब क्या होगा...

उसका हाथ आटा झाड़ते हुए धीरे-धीरे नीचे अपनी औकात में आ गया

और मुस्कराते हुए वह मिसरानी से बोली थी—"तुम तब तक अन्दाजो, मैं जरा इस नटखट की नई बुशर्ट निकालती आऊँ..."

गुप्तचरी करती आँखों में एक हुमस भरी हूक उठी थी, लेकिन मुँह से तो वाहवाही ही निकली। खैर, वाहवाही ऐसे भी हर कहते-सुनते के मुँह से निकल रही थी। नीम-अँधेरे नहाने-धोने के बाद जो बड़ी बहू चकरघिन्नी-सी जुटती है तो सुबह सात बजे की चाय से लेकर सारे दिन आटे, चावल, सब्जी से लेकर शमियाने, क्रॉकरी तक का हिसाब-किताब करती, रात के खाने तक रुके मेहमानों को पूछ-पूछ कर खिलाती। बीच-बीच में चाबी के गुच्छे खनखनाती, कभी माँ जी का बटुआ, कभी विमल किशोर के सिल्क का कुर्ता, कभी श्यामल का सूट तक निकालने, देने का काम चलता रहता, लेकिन स्पसेंस वाली स्थितियाँ तब आतीं, जब बसन्त का एक मोजा नहीं मिल रहा होता और उसे गीतों के बीच से उठकर आना होता था। फिर ठीक चार घंटे पहले मालूम होता कि स्नेहल की मैक्सी में टाँकी जाने वाली लेस मंजू से खो गई है, जिसे मंजू ने बड़ी ठसक से कहा था...अरे मैं टाँक दूँगी भाभी, आप फिकर न कीजिए। अब कहने का फर्ज तो यही बनता है कि टाँकती न सही, लेस तो कहीं याद से रखी होती, अब उसी एक लेस के लिए पूरे तीस रुपए रिक्शे के देकर जरी टोला जाना और टाँकने की मेहनत अलग से...

लेकिन कहा तो सिर्फ यही था, चौबारे की देवी प्रतिमा की तरह मुस्कराते हुए..."अरे तो क्या हुआ...तुम कौन सी बड़ी दादी अम्मा हो गई हो...रहने दो मैं टाँक देती हूँ...जाओ, तुम मेहँदी लगवाओ...।"

मीना को अपने सबसे छोटे वाले पिनपिने बच्चे को थपकी देते हुए ही सब कुछ सूझता है। इस समय भी उन्हें एकाएक इलहाम हुआ—"अरे बड़ी भाभी, सुनिए... गजरे मँगाना तो आप भूल ही गईं..."

अब सबूत तो वह माँग नहीं सकती न कि क्या सबूत कि मैं ही भूल गई। आप लोग नहीं...लेकिन उसे आश्चर्य भी हुआ।

"गजरे?"

"हाँ-हाँ...शाम को श्यामल भइया छोटी भाभी को विदा कराके उतरेंगे न,

तो नई दुलहन के लिए गजरे चाहिए न...उनके स्वागत के लिए..."

"नहीं भूलने की बात नहीं...मैं समझी थी, यहाँ नहीं होता..."

"अरे होता क्यों नहीं...हमने बड़ी भाभी को भी पहनाए थे...वोऽऽ पहली वाली को..."

"हाऽआ...हाँऽऽ...मँगवाए देती हूँ...सचमुच मैं तो भूल ही गई थी..."

'हाँऽऽ अच्छा करती हो, याद दिला किया करती हो, यह सब'—

यह कहना शायद ज्यादा ठीक होता। शाम को उसने याद करके ढेर सारी फूलों की लड़ियाँ मँगवा लीं। जरूर 'पहली वाली' की पलंग पर लगाई गई होगी। उसने खुद ही ढेर सारे ऐसे सवाल इकट्ठे कर खुद ही उसके जवाब देने-लेने शुरू कर दिए थे।...हाँ, नई बहू के उतरने पर गोद में कोई छोटा बच्चा देना चाहिए...जरूर होता होगा यहाँ...सिर्फ उसकी बार लोग भूल गए होंगे...और फिर उसके तो दो-दो बेटे पहले से ही इस घर में मौजूद थे...नई बहू के उतरने पर गजरे पहना दिए जाते हैं और गोद में बच्चा दिया जाता है...कमरे में बिठाकर हमउम्र ननदों, लड़कियों के साथ हँसी, ठिठोली और छेड़खानी की जाती है... उसकी बार लोग भूल गए होंगे...

मीना की तो शादी भी हो गई थी...काफी नई नवेली ही थीं...

शायद पहला वाला बच्चा पेट में था, भूल ही गई होगी...और क्या?

अन्दर चलती घमासानों की सारी भूल-सुधार करने के बाद रात एक-डेढ़ बजे कहीं किसी बुआ, चाची की रजाई में दुबककर सो गई थी। नींद आखिर कब तक न आती!

शादी के चौथे दिन ही माँ जी के माथे पर सिलवटें उभर आईं। "नई बहू तो सिर पर आँचल भी नहीं धरती। रिश्तेदार चले गए तो क्या, घर के बड़े-बूढ़े तो हैं न...उसे तुम्हीं सिखाओ बड़ी बहू..."

वह गौरवान्वित होती हुई हँसी थी..."अभी छोटी है माँ जी। धीरे-धीरे बता दिया जाएगा...।"

"अरे बताया क्या जाएगा...यह सब तो पहले से ही मायके की बहन, भाभी को समझाकर भेजना चाहिए। मंजू! तू उसे समझाकर कह दे, हमारे यहाँ से बड़े-बूढ़ों का लिहाज और पर्दा अभी उठ नहीं गया है..."

"मैं क्या समझाऊँ...वो कहती हैं, उन्होंने कभी देखा ही नहीं..."

"अरे देखा कैसे नहीं..." माँ जी गुस्से से भभक पड़ीं—"और कहीं नहीं तो सिनेमा तो देखा होगा...मीना! तू समझा दे..."

"ना बाबा...मुझे दो दिन में जाना है, मैं क्यों बुरी बनूँ? तुम्हारा घर, तुम्हीं लोग जानो..."

अपनी बात को सही साबित करती मीना तीसरे दिन चली गई थी।

खाने के समय मंजू बोली..."नई भाभी नहीं आतीं...कहती हैं उन्हें नहीं खाना?"

"नहीं खाना?" माँ जी आसमान से गिरीं...और पूरी तरह भभक पड़ीं—

"मतलब?"

"मतलब मैं क्या जानूँ...?" मंजू झल्लाई—"श्यामल भइया में और उनमें सुबह से ही चल रही है कुछ...जो कहा, तुमसे कह दिया..."

"वाह भाई वाह...दो दिन पहले आई बहू की ये मजाल...जा, उससे कह दे मैं बुलाती हूँ..."

लेकिन मंजू को जाने की जरूरत नहीं पड़ी...उसके पहले ही श्यामल की कड़कदार आवाज कमरे में गूँजी—"गेट आउटऽऽऽ!"

जैसे बिजली-सी फट पड़ी हो सबके ऊपर...एक झनाके से सबके सब आँगन में...गुस्से से बलबलाती माँ जी तक सुन्न रह गईं। होश आया तो सारे डायलॉग बदल गए। बहू को जो कुछ कहना था, सीन बदल जाने से, श्यामल को कहना शुरू कर दिया—

"अरे, अरे...क्या बोल रहा है...बड़े-बूढ़ों के सामने ऐसी भी इस घर में किसी की मजाल हुई है कभी...कि नई आई बहू के सामने..."

गुस्से से पैर पटकता श्यामल चीख उठा..."मजाल किसी बहू की भी पड़ी थी कभी ऐसी...इसकी जबान नहीं सुनी तुमने..." और वह होंठ चबाता हुआ बाहर चला गया।

"बहूऽऽ" माँ जी की सधी आवाज में पुकारते ही, अन्दर से हिलक-हिलक कर रोती-सी आकर नई बहू उनसे लिपट गई...और मम्मी-मम्मी कहकर रोने लगी।

माँ जी के सामने सिवा चुप कराने के कोई चारा न था।

सत्या फटी-फटी आँखों से देखे जा रही थी...कोई 'बहू' माँ जी से ऐसे सट- लिपटकर रो भी सकती है क्या...!

"चलो-चलो...इसे खाना दो बड़ी बहू...मंजू इसका मुँह धुला दो।"

खाना खा लिया तो स्नेहल, बसन्त से कहा गया कि जाकर उसके साथ ताश, लूडो खेलो। मन बहलेगा उसका...अरे कलंक लगने का भी तो डर है। पहली बार आई है, मायके जाकर क्या जाने क्या लगाए।

थोड़ी देर बाद माँ जी ने जाकर झाँका तो सारा कांड भूल, सिर उघाड़े, पल्ला कमर में खोंसे हँसती हुई लूडो का डाइस खनकाए जा रही थी।

बसन्त हँसता चीख रहा था..."बाप रे आंटी आप कितनी चीटिंग करती हैं..."

"वाह रे अपरबल!" माँ जी झुनझुलाई थीं। फिर आवाज दी थी...'स्नेहल! बसन्त! चलो अब चाची को सोने दो...'

"एई बसन्त! जाते समय दरवाजा पूरा बन्द कर दे। नहीं, मैं अन्दर से सिटकनी चढ़ाए लेती हूँ...तुम्हारे श्यामल चाचा को मेरे कमरे में नहीं घुसना है।"

"उफ! हद हो गई, अब तो लगाम कसनी ही पड़ेगी...ऐसी तो न देखी, न सुनी..."

"देखो सिर उघाड़ कर नहीं रहते...समझीं..."

लेकिन वह सिर झुकाकर सुनने के बजाय माँ जी से ठुनककर बोलीं, "मैं क्या करूँ मम्मी जी...मुझसे सिर पर पल्लू सँभलता ही नहीं..."

"कैसे नहीं सँभलता, बहू हो न..."

"बहूऽ बाप रे...मम्मी जी, बहू सुनने के साथ ही मेरा दम घुटने लगता है... सुनिए, मैं तो बहू हूँ ही नहीं...आप मुझे बेटी बनाकर क्यों नहीं रख लेतीं...ऐं?"

माँ जी का उफ बोलता मुँह पुन: सनाके में आ गया...ऐसी किसी डायलॉग की उन्हें उम्मीद ही नहीं थी। क्या जवाब दें, लेकिन उन्हें जवाब देने की जरूरत ही नहीं पड़ीं, उससे पहले ही—

"बोलिए न मम्मी जी, देखिए, आप बेटी और बहू में...यानी आप मंजू दीदी में और मुझमें फर्क करेंगी क्या? नहीं न!"

माँ जी अजीब पशोपेश की हालत में खड़ी थीं। कुछ न सूझा तो किसी तरह बोलीं..."पुरानी रीति है बेटा, नहीं तो फर्क की क्या बात।"

"रीति-वीति नहीं मम्मी जी, बस मैं तो ऐसे ही रहूँगी।" और उसने माँ जी की एक जोरदार बलैया ले ली।

मंजू दूर खड़ी खिलखिलाकर हँस पड़ी।

माँ जी संकोच से उसे हल्के से हटाते हुए..."अच्छा-अच्छा...पर जरा सिर पर आँचल डाल लिया करो...जाने कौन आ जाए..."

"लीजिए, डाले लेती हूँ बस न! लेकिन थोड़ी देर में खिसक जाए तो मैं नहीं जानती, हाँ..."

शायद समूचे कथोपकथन बैठकखाने तक पहुँच गए थे, वहीं से मुस्कराते हुए दरवाजे के पास जाकर विमल किशोर ने पूछा था..."क्यों भई शरद, आसइक्रीम खानी है क्या?"

"आइसक्रीम?" शरद से पहले नई बहू ही उछल पड़ी थी..."जरूर-जरूर बड़े भइया..."

विमल किशोर भौचक्का देखते रह गए। फिर जल्दी से मुस्कराए..."हाँ-हाँ जरूर। बसन्त...आठ आइसक्रीम लेते आओ..."

"आठ!" माँ जी ने हैरानी से कहा..."आठ किसके लिए...मैं थोड़ी खाऊँगी..."

फिर से, इसके पहले कि विमल किशोर बोलते, नई बहू ही चहकी—"वाह, क्यों नहीं खाएँगी मम्मी जी आप...नहीं, बड़े भइया, आप आठ ही मँगवाइए... देखें कैसे नहीं खाती हैं मम्मी जी...मैं खिलाऊँगी न इन्हें..."

आइसक्रीम आ गई।

सबके साथ-साथ एक आइसक्रीम सत्या को भी पकड़ा दी बसन्त ने। सत्या, न 'हाँ' कह सकी, न 'ना'...काठ की तरह आँचल में आइसक्रीम थामे बैठी रही। आज तक उसने कभी सबके सामने इस तरह कुछ खाया ही नहीं था।

सबका ध्यान इस समय नई बहू और माँ जी के आइसक्रीम पर था। माँ जी न-न करती जातीं...नई बहू हँसती हुई उनके मुँह से लगाती जाती...विमल किशोर से शरद तक, सब मजा ले रहे थे।

सत्या ने धीमे से हाथ में पकड़ी आइसक्रीम गर्दन झुकाकर मुँह में लगाई, पर उससे खाई ही न गई...सब आँगन में चल रहे शगल में मशगूल थे...

सत्या चुपचाप सबकी नजर बचाकर कमरे में आ गई। आइसक्रीम का एक जोर का कश खींचा और हिलककर रो पड़ी।

वेणु का नया घर

वेणु अमेरिका में अब अपने नए घर में आ गया है। अब वह बेसमेंट में नहीं रहता। बेसमेंट सारे समय सीला रहता था और ठिठुरन भी बहुत महसूस होती थी। हाथ-पैर हमेशा अकड़े के अकड़े ही रहते।

खैर वो तो शुरुआती दिनों की बातें थीं। उसके बाद तो वेणु, एक कमरे वाले ही सही, पर अपने अलग एक छोटे 'स्टुडियो-अपार्टमेंट' में आ गया था। बेला शादी के बाद वहीं पहुँची थी। और देख लो कि देखते-ही-देखते कुछेक वर्षों में इतना बड़ा आलीशान नया घर कि कमरे-पे-कमरे, हॉल-पे-हॉल, लिविंगरूम, फैमिलीरूम, ड्राइंगरूम, डाइनिंगरूम के बाद हर किसी के ये बड़े-बड़े बेडरूम्स, स्टडी, प्लेरूम—अरे हाँ, चार-चार टब, जकूजी वाले बाथरूम्स तो भूल ही गई।

तभी तो मैंने लाड़ से चुटकी ली—कहाँ-कहाँ उठते बैठते फिरेंगे रे, हम अधेड़ माँ-बाप...वह भी गिनती के चार-छह महीने। बाद में तो ले-दे के वही तुम साढ़े तीन कहूँ कि चार...पाँच की शीबा और तीन के मिल्लू। कितने कमरों में फुदके फिरेंगे खासकर तब, जब तुम सब घर से ज्यादा समय तो कार में बिताते हो। और सात-समन्दर पार की इस महल अटारी में, अपने देश-ठिकाने का भला कौन पहुँचने वाला है।

मैं तो रह ली न, देख लिया कि एक कमरे से दूसरा, इतनी दूर पड़ता है कि पता ही नहीं चलता कि कौन कहाँ है, है भी या नहीं। एक घर में रहते हुए भी

न एक-दूसरे को देख सकते हैं, न महसूस कर सकते हैं। एक-दूसरे के होने, न होने से पूरी तरह बेखबर। मान लो लिविंग या ड्राइंगरूम में आकर बैठें भी तो एक-दूसरे को देख-सुन तो तभी पाएँगे न जब दूसरे भी वहाँ आकर बैठें।

लेकिन अब खूबसूरत और बड़े घरों की तो ये ही खूबियाँ हैं। इसी से तो आदमी इनमें जिन्दगी की पूरी कमाई लगा देता है। और नहीं तो क्या?...वेणु के दादा और पिता जी की तरह, कि सारी उम्र उसी दबड़े में गुजार दी! छोटा-सा आँगन, छोटा ही छाजन। (पता नहीं वेणु को याद होगा भी या नहीं) आगे, पीछे, बारजे और एक-दूसरे में घुसपैठ करती कोठरियाँ। तीन पुश्तों के ब्याह-शादी, मुंडन-छेदन वहीं निपटते गए—अपनी समझ में बड़ी राजी-खुशी और सीना ठोंक मातबरी के साथ।

तो क्या?...कहाँ बनवा पाए ऐसा आलीशान मकान।...बेला का तो मानना है कि वेणु भी अगर अपने बाप-दादा के नक्शेकदम पर चला होता, तो बनवा चुका होता अमेरिका में ऐसा शानदार घर। वह तो बेला थी कि वेणु के पीछे पड़ी और...देख लो!

निहाल हो लिए हम माँ-बाप वेणु का घर देखकर। हिन्दुस्तान से कहाँ देख पाते! वेणु के दादा-दादी सुनते तो विश्वास न कर पाते—वेणु का अपना अलग का निजी मकान! अमेरिका में? जय श्रीराम! हमारा वेणु इतना बड़ा हो गया कि अमेरिका में अपना अलग का निजी मकान बनवा लिया—जैसी हरि इच्छा...

खैर वे रहे ही नहीं तो देखने-सुनने का सवाल ही नहीं। हम आए। सब राजपाट देखा और भरे मन से आशीष दिया कि सुख से रह बेटा। अब तुझसे अपने देश वापस आने को नहीं कहूँगी। कैसे कहूँगी? कहाँ से लाएँगे इतने बड़े-बड़े ठंडे-ठंडे कमरे, कमरों में ए.सी., पी.सी., सी.डी., टी.वी., कार्टून गेम्स, चैटिंग, काउंसिलिंग—कितने काम, कितने मन-बहलाव। आराम से कमरा बन्द कर, करते रहो जो मन चाहे। किसी के शिकवे-शिकायत, खुशी-नाखुशी की गुंजाइश ही नहीं।

हाँ, 'ठंडे-कमरों' को सोचकर बड़ी शान्ति मिलती है। तुझे तो वेणु गरमी लगती भी बहुत है, जनम से। (गलती से पैदा हो गया शायद हिन्दुस्तान में।) अस्पताल में, पैदा होने के तीसरे दिन ही, पालने से गोदी में उठाया तो तेज ज्वर,

जैसे जलती पंखुरियों वाला फूल थामा हो हाथों में! चीखकर रो ही तो पड़ी। डॉक्टर-नर्स दौड़े आए। झपटपट ठंडा पानी डाल, पालने में लिटा दिया। फिर समझाया। घबराने की बात नहीं। ये बच्चा बस गर्मी नहीं बरदाश्त कर पा रहा। वैसे भी मई की शुरुआत है। इसे हमेशा तेज गर्मी से बचाइएगा।

पाँचवें दिन घर आई तो कोठरी में ठंडा कूलर हरहरा रहा था। वेणु के दादा जी हुलास से भरे, कूलर की टंकी में बाल्टी भर-भर पानी डाले जा रहे थे कि बच्चे को गर्मी न लगने पाए। कूलर के सामने वेणु का पालना। पालने के चारों ओर ठुमकती, इठलाती, छुटकी-सी शालू बुआ—'ना, मैं मुन्ने के पालने के पास किसी को न आने दूँगी...कहीं दिद्दा (बड़ी बहन) न काजल लगा दें! मैं ही लगाऊँगी कहे देती हूँ...हाँ...!' सारा घर इस पहरेदारी पर हँसता।

नींद में अँगूठा चुसकते वेणु ने जरा आँखें मुलमुलाईं नहीं कि होड़ा-होड़ी मच जाती—"भाभी! हमारी गोदी में...नहीं भाभी हमारी।" छोटे देवर अम्माजी से कुनमुनाते—"अम्मा! हमारी बारी कभी आ ही नहीं पाती। हमेशा शालू की ही जिद मानी जाती है।"

गोदी में वेणु को लिये मगन मन, मेरी पलंग पर बैठी शालू की ठोड़ी पकड़कर मैं पूछती—"अच्छा ये तो बताओ कि मुन्ने की काजल-लगाई तुम्हें चाहिए क्या?"

वह ज्यादा कुछ न समझ, आँखें झपकाकर कहती—"मैं न, काजल लगे मुन्ने को गोदी में उठाकर बाहर, अपनी सब सहेलियों को दिखाना चाहती हूँ, अम्मा से छुपाकर। वो नहीं ले जाने देती न!"

उस शालू बुआ और चाचाओं और मामाओं और मौसियों—सभी ने छोटे से वेणु को बड़ा, और बड़ा होते हुए और फिर अमेरिका चले जाते हुए भी देखा है, लेकिन उन्होंने गलती से वेणु को लौटकर घर वापस आते हुए भी देख लिया है...। अब उन्हें समझाना है कि वे सिर्फ जाते हुए वेणु को ही देखने के अभ्यस्त रहें, तो ही ठीक।

दरअसल वे लोग, उस पालने, उस वेणु और उस समय को अपने से जुदा नहीं कर पाए हैं। ये सब एक साथ उनके अन्दर रहते आए हैं। वह 'घर' भी। इसलिए वे अमेरिका में बने वेणु के इस नए वाले घर की कल्पना ही नहीं कर

पा रहे। कर सकते भी नहीं। मुश्किल यह है कि वे जब भी वेणु को सोचते हैं, अपने आपको भी वेणु के आस-पास महसूस करने लगते हैं। लेकिन इस घर में वे कहाँ से हो सकते हैं भला! बेसमेंट की बात और थी। तब वेणु नया-नया अपने देश से गया था। हमेशा ये ही सारे लोग तो उसके साथ हुआ करते थे। धीरे-धीरे ये लोग वापस होते गए। पिछले वाले फ्लैट से ही आवाजाही कम हो गई थी, लेकिन उन लोगों को इस सबकी भनक ही नहीं।

और अब, वेणु के इस नए घर में वे लोग पूरी तरह अनुपस्थित हैं। यह वे सहसा विश्वास नहीं कर पाएँगे और मैं कहूँगी भी नहीं। क्योंकि मैं भी नहीं चाहती हूँ कि वे लोग कभी यह विश्वास करने पाएँ कि वेणु के आस-पास अब वे लोग नहीं हैं।

"नितिन चाचा को फोन कर देना।"

"अँ?" वेणु चौंककर मेरी तरफ देखता है।

"अपने इस नए घर के बारे में।"

"ओह! हाँ-हाँ—बिलकुल-बिलकुल।" वेणु जल्दी से अपने चेहरे का कुतूहल ढाँपता है—"तीनों चाचा, बुआ, मामा और मौसियों को भी तो..."

वेणु ने मेरे अन्दर लगी भीड़ को तरतीबवार खड़ी कर दिया है। मेरे आदेशानुसार एक अच्छे बेटे की तरह वह सबको फोन कर देता है। सब बारी-बारी उसे यादों की एक-एक कन्दील थमाते जाते हैं और चाहते हैं कि उस कन्दील की झिलमिल रोशनी में वेणु खुद को उसी तरह पालने में झूलता हुआ देखे, जैसे वे लोग देख रहे हैं। अब वेणु के लिए यह कहाँ सम्भव है! इसलिए वेणु वे कन्दीलें इसी तरह स्वीकारता रहा, जैसे स्वागत समारोहों में एक के बाद एक फूलों के गुलदस्ते...जिन्हें हम थामने के साथ ही पीछे की ओर रखते जाते हैं।

लेकिन जनम के अक्खड़, सुबीर मामा अपनी कन्दील थमाने के साथ ही टोक देते हैं, "पहले यह बता वेणु! तू वापस कब आ रहा है? नौ साल तो हो गए।"...

सुबीर मामा के साथ यही परेशानी है। उनके अड़ियल, खब्ती दिमाग को सिलसिलेवार सही-गलत समझा पाना बेहद मुश्किल। अभी ही, कहाँ तो अमेरिका

की स्वच्छ-स्वस्थ आबोहवा, साफ-सफाई, सुख-सुविधा, ऐश-आराम की बातें होती रही हैं कि सुबीर मामा आव देखते हैं न ताव, धड़ाक से बम फोड़ देते हैं।

"जिज्जी! वहाँ घर बनवाने का कहीं यह मतलब तो नहीं कि वेणु अब यहाँ (अपने घर) नहीं आनेवाला?"

"अरे...ऐसा कैसे...आएगा ना...आएगा—और क्या, आएगा ही।"

लेकिन सुबीर सन्नाटे में साँय-साँय करती हवा जैसी मेरी आवाज को लक्ष्य कर एक गोली और दाग देते हैं—

"लेकिन, कब आएगा?..."

मैं इस 'कब' का सामना करने से बहुत घबराती हूँ। सोचने से भी। लेकिन जिस बात से जितना भागने की कोशिश करो, वह उतना ज्यादा हमें घेर-घेरकर आतंकित करती है—अजीब-अजीब दृश्यों और शक्लों में...कभी बर्फ की सिल्लियों पर लिटाई कामना दी, कभी बार-बार बजती फोन की घंटियों पर विदेश में बसे पुत्र की असमर्थता पर ढहती-भहराती माथुर साहब की आवाज... कभी बरसों से अकेली रहती मिसेज डिसूजा के घर की खिड़कियाँ, दरवाजे, भड़भड़ाती सुगन्धा बाई और कभी व्हील-चेयर पर, बेटे के पास ह्यूस्टन भेजे जाते कन्हाई-दा का हवा में हिलता हाथ।...

उफ! मुझे नहीं सोचनी ये सारी बेकार की बातें। मैं सुगन्धा, कन्हाई दा, कामना दी और माथुर साहब—सबको जहाँ का तहाँ छोड़, भागकर वेणु के नए घर में आ जाती हूँ। आकर दीवालों से दरवाजों, दरवाजों से सीढ़ियों तक बेला की सुरुचिपूर्ण गृहसज्जा सराहने लगती हूँ।

एक से एक नायाब, कीमती चीजें, पूरा घर ही। बहुत कीमती है, वेणु का यह नया घर। कीमती तो होगा ही—क्योंकि इस घर की कीमत वेणु ने सिर्फ डॉलरों में नहीं चुकाई है। बहुत सारे लाड़-दुलार, मोह-ममता और जुड़ावों के चेक काटने पड़े हैं वेणु को। तब जाकर 'पजेशन' मिला है इस घर का।

हाँ-हाँ पता है, वही चाचाओं-मामाओं और मौसियों की कुंडली बाँचने बैठ जाओगी तुम। वेणु की, शालू बुआ और वैभव भइया की भी तो...जबकि ये लोग हैं तो सुखी-सम्पन्न। चाहें तो एकाध ट्रिप अमेरिका की मार ही सकते हैं। आजकल तो देश-विदेश घूमने का चलन है। वेणु भी, चार-छह वर्षों में अपने

बच्चों को इंडिया दिखाने ले ही जा सकता है। घूमने-घामने के बीच, कितनी भी व्यस्तता हो, एक-एक डेढ़-डेढ़ दिन भाई-बहन के परिवारों के साथ भी रह लेगा। दिखा-मिला लाएगा बच्चों को उनके 'कजिन्स' से। अब तो हिन्दुस्तान में भी सारे इंग्लिश ही बोलते हैं।

वैसे पता है, हिन्दुस्तान के बच्चों के अंग्रेजी बोलने-चालने, खाने-पीने, हँसी-मजाक, सब कुछ को वेणु के बच्चे घोर अजनबियों की तरह निहारेंगे और आपस में कहेंगे 'फनी...नो?' हिन्दुस्तान वाले धमाचौकड़ियाँ चाहेंगे, वेणु वाले प्राइवेसी और एकान्त।

अरे, हिन्दुस्तानवालों की न कहो! जैसा घर वैसे ही रहने वाले। जाओ तो दो घड़ी चैन के लिए तरस जाओ। एक-न-एक आयोजन बनाम टंटा लगा ही रहता है। नाते-रिश्तों और बन्धु-बान्धवों से लेकर अड़ोस-पड़ोस तक जुटाने के बहाने और क्या! पहले सगाई, फिर गोद भराई, फिर बारात विदाई...। और ब्याही लड़की 'खुश-खबरी' के साथ लौटी तो सतवाँसा पुजाई...। साथ में मुंडन-छेदन, सालगिरह...जगराते और अखंड रामायण भी चलता रहता है। इनके घर हमेशा आने-जानेवालों से ठुँसे ही दिखते हैं—जैसे घर न हुए, मछरहट्टे हो गए...। आठों प्रहर चौबीसों घंटे बैठकें जुड़ी हैं। अदरख डली, भाप उड़ाती चाय की प्यालियाँ सुड़की जा रही हैं। ऊपर से, ऊधमी बच्चों की उछल-कूद, चिल्ल-पों, हँसी-ठट्ठे और ऊल जलूल बहस-मुबाहसों के सिलसिले...खब्ती, बैठकबाज लोग...

इस सबकी तुलना में वेणु का यह नया घर!

कितना भव्य! कितना पुरसुकून और अपरम्पार सुख-सुविधाओं से भरापूरा। इतना कि जैसे लॉन कह रहा हो कि अब इससे ज्यादा हरा नहीं हुआ जा सकता। फूल कह रहे हों कि अब इससे ज्यादा नहीं खिला जा सकता! आकाश, जमीन, पहाड़, घाटी, जंगल सब कह रहे हों कि इससे ज्यादा स्वच्छ, सुन्दर, चमकीला और भव्य नहीं हुआ जा सकता! जैसे सब खूबसूरती की चरम सीमा को ललकार रहे हों! मेरा सिर गर्व से उन्नत हो गया। मन-ही-मन वेणु के नए घर की नजर उतारने लगी।

एक दिन वेणु के घर से सुबह-सुबह वॉक पर निकली। शायद मन में कहीं यह कि बर्फबारी से पहले पहाड़ियों के बीच, जी भरकर सैर कर ली जाए।

वेणु का नया घर

बारीक बूँदों की झिरझिरी अभी-अभी ही रुकी थी। मौसम ऊदा था, और हवा में खुनक। चारों ओर हरी-भरी पहाड़ियाँ। बीच से गुजरती सड़क।

मैं मगन मन ढलानों पर चढ़ती-उतरती चली जा रही थी। अचानक कदम ठिठके। आसपास ही कहीं से कुछ बच्चों के हँसने-खिलखिलाने की आवाज आई। जैसे छोटे-बड़े बच्चे एक साथ उछलते-कूदते शोर मचा रहे हैं।

मैं चौंकी। बहुत दिनों से ऐसी खिलन्दड़ी तेज आवाजें सुनी नहीं थीं। मन में एक हिलकोर-सी उठी—जल्दी से जल्दी उन आवाजों तक पहुँच पाने की। मैं ढलान पर तेजी से नीचे उतरने लगी।

सचमुच पहाड़ी के नीचे वाली सड़क पर बच्चों का एक झुंड हँसता-खेलता, एक-दूसरे को चिढ़ाता-खिझाता भागा जा रहा था। उन सबके जूते पुराने बारसोलों के थे और वे उटँगी पैन्टें, झल्ली शर्टों वाले काले बच्चे थे। बाल भी रूखे।

एक छोटा बच्चा किसी वजह से पीछे छूट गया—शायद उसके जूतों में बारिश का पानी और बजरी घुस गई थी। तो उससे जरा बड़ी बहन पीछे पलटी। उसे फुसलाया, जूतों में घुसी बजरी, पानी निकाला और उसे कमर पे लाद के हँसती हुई झुंड के साथ दौड़ चली।

अचानक मन हुआ देखूँ, ये बच्चे कहाँ रहते हैं?...इनके घर कैसे हैं?...मैंने अपनी चाल तेज कर दी।

लेकिन जब तक मैं ढलान पर उतरी, बच्चे जाने किस मोड़ से ओझल हो चुके थे। सिर्फ उनकी खिलखिलाहटें पहाड़ियों को हिलकोर रही थीं। मेरे अन्दर भी।

असल में, वेणु के नए घर में आने के बाद से, बहुत धीमे बोलने और उतने ही धीमे हँसने की आदत-सी पड़ गई है। ये कलोनियल घर लकड़ी के बने होते हैं न, तो आवाजें बहुत गूँजती हैं। धीमे से भी बात करो तो दूसरे कमरे में, घुनघुनाहट-सी होती है। पूरा घर जैसे आटा छानने का चालन हो। फर्श तक। पैरों की आहटों को भी बचा-बचाकर चलना पड़ता है। आवाजों को भी। जोर से बोलो तो खुद को ही अटपटा लगने लगता है। हम फौरन अपनी आवाज दबा लेते हैं। गला पूरा खुलता ही नहीं। शायद इसीलिए, वेणु अब गाता नहीं।...

न्यू हैम्पशायर से लौटते हुए कार में मैंने उससे गाने को कहा। उसने गाया भी। लेकिन आवाज खुल नहीं पाई पहले की तरह। मैंने उससे कहा, "तू कभी-

कभी गाया कर, नहीं तो तेरी आवाज दबती चली जाएगी।"

वेणु की क्यों? हम सभी की शायद!...

जैसे-जैसे हम सभ्य होते जाएँगे, हमारी आवाज दबती चली जाएगी...और एक दिन पूरी तरह खत्म हो जाएगी। आदमी बिना आवाज का हो जाएगा। गूँगा। यानी आज से हजारों साल बाद आदमी बोल नहीं पाएगा।...मतलब, काफी कुछ जानवरों की तरह!...

पहले भी तो वैसा ही था!...

शायद सभ्यता उसे वापस वहीं ले जाने वाली है।

अब देखो, जैसे लिख ही कहाँ पाता है वह! बस कम्प्यूटर पर बटन दबाता जाता है। पाँचों उँगलियों की अलग-अलग हरकतों की जरूरत ही नहीं। यों भी हाथों के ज्यादातर काम तो अब मशीनें करती हैं। कपड़े धोने, निचोड़ने से लेकर छीलने, काटने, बर्तन साफ करने तक। इसलिए हाथ और उँगलियाँ धीरे-धीरे बेजरूरत होती जा रही हैं। शायद दिन-पर-दिन और ज्यादा होती जाएँगी।

तो पैरों से भी चलने की कहाँ दरकार आज के आदमी को! बाइकें, मोटरबाइकें, गाड़ियाँ, ट्रेनें, हवाई जहाज। एक तो चलना पड़ता नहीं, दूसरे चले भी तो आखिर कहाँ! घर के अन्दर तक तो टी.वी.-ए.सी. से लेकर पंखे, लाइट तक के लिए रिमोट। चलने-फिरने की जरूरत ही नहीं पड़ती।

तब शायद धीरे-धीरे पैरों के लिए भी आदमी का बोझ उठाना मुश्किल होता जाएगा न!

लेकिन तब चलेगा कैसे? खड़ा कैसे रहेगा आदमी? यही होगा कि हाथ और पैर दोनों मिलकर आदमी का बोझ उठाया करेंगे।

यानी चौपाया!—ओह! कैसा लगेगा उसे!...

कुछ ज्यादा नहीं..., क्योंकि तब तक शायद आदमी की महसूस करने की शक्ति भी खत्म हो चुकी होगी। क्योंकि जब हम एक-दूसरे के पास ज्यादातर होंगे ही नहीं, तो उनके दु:ख-सुख, हर्ष-विषाद से भी हमारा वास्ता नहीं रहेगा।

(और हम अपने दु:ख-सुख की फोटो कॉपी भी तो नहीं भेज सकते।)

इसलिए धीरे-धीरे हमारे मन के पास महसूस करने की और मस्तिष्क के पास विचार करने की चीजें कम होती जाएँगी और एक दिन बिलकुल नहीं रह

जाएँगी। मस्तिष्क पूरी तरह शान्त, कुन्द पड़ जाएगा। आदमी हँसे, रोएगा भी नहीं। गाएगा भी नहीं। हमारे पास सिर्फ अपनी भूख-प्यास से जुड़ी मोटी-मोटी बातें होंगी। दिल-दिमाग की मशीन पूरी तरह ठप्प। हालाँकि अभी नहीं, बहुत-बहुत सारे, हजारों वर्षों बाद!...

फिर भी, अचानक, जाने क्यों मुझमें एक घबराहट-सी व्यापी। लगा, मेरे मस्तिष्क पर एक जड़ता-सी व्याप रही है। एक सुन्न करती जकड़न-सी...और मैं उससे मुक्त हो पाने के लिए छटपटा रही हूँ। मैं जल्दी से जल्दी इन सारे खौफ़नाक विचारों को झटककर मुक्त हो जाना चाहती थी।

मैंने जी-तोड़ कोशिश की। सचमुच मस्तिष्क को झटकारा और झपटकर लौट ली। उन्हीं ढलानों पर जल्दी-जल्दी चढ़ती-उतरती दौड़ चली। लौटते हुए अपने पैरों को हरकत में देखकर खुश भी होती रही। मन किया, जोर से बोलकर देखूँ। एक पंक्ति ही सही, कुछ गाऊँ। हँसू-बोलूँ। खिलखिलाऊँ। अपना सब कुछ जाँच-परखकर एकदम हल्की हो जाऊँ।

कि तब तक—

कदम ठिठके—

मैंने चौंककर देखा—

सामने वेणु का नया घर आ गया था...।

बच्चे कल मिलेंगे

हवा-धूप वाली शर्तें

पहली सुबह

मितुल सुबह-सुबह अपनी रेड-जेन में हमें एयरपोर्ट पहुँचा गई—

"उतरो! भई...टिकट, पासपोर्ट निकाल लीजिए अपने-अपने। पापा! मैं ट्रॉली लाती हूँ।"

डिकी खोलकर हमारे सूटकेस, शोल्डर-बैग्स, ट्रॉली में जमाए, फिर मेरे गाल ऐसे थपके जैसे वह नहीं, मैं उसकी बेटी हूँ—"अच्छे से रहना तुम और पा...कोशिश करना कि तुम लोगों की वजह से वासवी और विभव का रुटीन डिस्टर्ब न हो। बहुत बिजी रहते हैं दोनों, और अब तो बच्चियाँ भी बड़ी हो रही हैं...तो दोनों को, नहीं चारों को, मितुल दीदी और मितुल बुआ का नाम रटाती रहना बीच-बीच में। विभू से कहना, दीदी बहुत याद करती हैं, ओ.के.।"

फिर झट से कलाई में बँधी घड़ी देखने के बहाने (कि लेट हो रही है, ऑफिस के लिए) अपनी डबडबाई आँखें छुपाती और मेरी आँखों से कतराती अपनी लाल उड़नखटोली में फुर्र हो गई।

प्लेन भी ठीक दो घंटे बाद अपने वक्त पर रन-वे पर दौड़ा, चिंघाड़ा और आसमान में टँग गया। मिनटों में पूरा शहर, बस्ती, धुंध में विलीन हो गए।

छोड़ना, छूटना, अपनी कही जाने वाली चीजों का, अपनी हवा-धूप और आसमान का, साँसें जिन हवाओं के बीच से अपनी राह बनाती हैं उसका, इतना कठिन क्यों होता है!...

मेरे मन में कोई रेलमपेल नहीं। ढूँढ़ने पर भी नहीं। वहाँ बच्चे हैं, सौतेले नहीं, मेरे अपने। मुझे बुलाने और सम्मान से रखने वाली सुविधाएँ यहाँ की सौगुनी, सम्पन्नता बेशुमार, और आए दिनों की हजार खिचखिचों से छुट्टी। तब क्यों भाई?

जवाब कोई नहीं।

या शायद हम जवाबों से जबरन कतराते हैं, क्योंकि वे पराएपन और बेगानेपन के अहसासों से जुड़े होते हैं और हम उन्हें झटककर अपनी हवा, धूप वाली शर्तों से जोड़ना चाहते हैं।...

अगला दिन

ब्रह्मांड का डाँवाँडोल यहीं से शुरू हो गया न! जिस तारीख को चले, उसी पर पहुँचे। सूरज पूरे बारह घंटे देर से जो यहाँ उगता है। अपने वाले समय से आधे दिन पीछे।

वासवी बहू का पहले से ज्यादा सजा-सँवरा शानदार बंगला। शान्ति अपने चरम पर। उसी शान्त भव्यता में अपनी अगवानी करवाई और ठंडे दूध के साथ अपनी-अपनी गोलियाँ निगलकर सो रहे। मन न माना तो पूछ बैठी—"बच्चे?"

"सुबह स्कूल जाना होता है न, मम्मी जी, तो जगाए रखना ठीक नहीं होता। उनका टाइम से सोने जाना जरूरी रहता है।"

बिलकुल...

अगली सुबह

चूक गई न। 'जेटलैग' के मारे हम जब तक उठे, बच्चियाँ स्कूल जा चुकी थीं। मन कचोटा। वासवी से कहना चाहा, बुला क्यों न लिया, हम तो जगे ही थे।

इतने बड़े घर में सुराग ही नहीं लगता कि कौन कहाँ है?—वरना हम खुद न निकल आए होते...(या बच्चियाँ ही दादी-दादा के कमरे में झाँक गई होतीं।)

वासवी कह रही थी—"मैंने सोचा, आप लोग सो रहे होंगे। डिस्टर्ब करना ठीक नहीं। एनी वे, मैं निकलती हूँ मम्मीजी। विभव आज आधे घंटे लेट जाएँगे। आप और पापाजी ब्रेकफास्ट ले लीजिएगा। फ्रिज में ब्रेड, अंडे, दूध, चीज वगैरह सब हैं। बाहर सीरियल्स के जार भी, ओ.के.!"

फिर ठहरकर कहती है—"मैंने केका और मानू को बता दिया है, तुम लोगों के दादा-दादी आए हैं। उनके साथ आफ्टरनून बिताना...यू कैन हैव, लॉट्स ऑफ फन विद योर ग्रैंड पेरेंट्स..." और वासवी 'बाय' करती हुई निकल जाती है।

दोपहर

घर खाली झुनझुने-सा महसूस हो रहा है। दोपहर भर दरवाजे की आहटों पर कान लगाए बैठी रही। टी.वी. का रिमोट और सामने पड़े 'न्यूजवीक' के पृष्ठ खुलते-बन्द होते रहे।

मुझे पता है, यहाँ घर के लोग बेल नहीं बजाते, यूँ ही दरवाजे का लैच घुमाकर अन्दर आ जाया करते हैं। मैं दरवाजे की तरफ देखती बैठी हूँ। कहीं ऐसा न हो कि बच्चियाँ घर में घुसें और मैं नदारद। नहीं, बाथरूम थोड़ा रुककर ही जाऊँगी...अभी केका आएगी। शायद खुद मेरे पास आने में शरमाए...

तभी खयाल आता है, वासवी डिश-वाशर ऑन करके गई थी। धुली क्रॉकरीज ही निकालकर लगा दूँ। दरवाजे पर ध्यान लगाए रहूँगी...

अचानक हलकी सी खुट् के साथ दरवाजा खुल गया। दरवाजा खुलने की आहट आती है और जब तक मैं भागकर दरवाजे तक आऊँ, केका ऊपर अपने कमरे तक जानेवाली सीढ़ियाँ चढ़ चुकी होती है।

मैं आवाज में ढेर सारी ममता उड़ेलकर कहती हूँ—

"हाय केकाऽऽ"

तीन सीढ़ियों ऊपर से एक उदासीन सी मद्धम आवाज आती है—

"हायऽऽ"

"आयम...योर दादी बेटे..."

"याऽऽ, आय नो।"

केका का चेहरा सादे कागज सा सपाट है।

मैं बेबस-सी उसकी ओर देखे जा रही हूँ।

केका अपने स्कूल बैग की ओर इशारा करती हुई कहती है—

"मैं...ऊपर 'फ्रेशेन-अप' होने जा रही हूँ।"

"ओ.के. बेटे। जाओ।"

सीढ़ियाँ चढ़ती केका के चेहरे पर मैं दादी जैसी कोई इबारत ढूँढ़ने की कोशिश करती हूँ। नहीं मिलती। हारी हुई-सी चुपचाप सोफे पर लौट आई हूँ।

उधेड़बुन जारी है। सुबह न चूकी होती, वासवी ने बुला लिया होता तो माता-पिता की उपस्थिति में बच्ची शायद खुलकर मिल पाती। मेरी भी हिचक टूटती। पिछली बार की तरह उसे गोदी में बिठा पाती। तब छह की थी, नौ की ही तो हुई है। लेकिन नौ की केका इतनी बड़ी कैसे लग रही है कि पिछली बार का सब कुछ पूरी तरह भूल गई।

तब इससे दो वर्ष छोटी मानू को हम कैसे याद होंगे!

दूसरा सप्ताह

ठंड कम हुई है। घिरी शाम, वासवी ने बैकयार्ड में 'बारबी-क्यू' लगाया है। उसकी ग्रिल पर ब्रेड, पनीर, बर्गर सेंक रही है। विभव तन्दूर जैसी अँगीठी में लकड़ियाँ डाल रहा है, जिससे ठंड से थोड़ी राहत मिले।

बच्चियाँ खुश-खुश अपनी तश्तरियों में पैटिस, पनीर के टुकड़े लिये खा रही हैं। अचानक विभव कहता है—"हाँ ठीक, ठहरो मुझे यह महक बहुत पहचानी-सी लग रही है। एकदम ऐसी ही महक दिद्दा (दादी) के चूल्हे पर सिंकती रोटियों से भी आती थी न!"

हम मिनटों में, पैंतीस सालों की दूरियाँ फलाँग जाते हैं। हमें स्मृतियों के आर-पार पहुँचाता एक खूबसूरत पुल बन जाता है। विभव जब चाहे, इस पुल से गुजर सकता है। बिलकुल 'लक्ष्मण-झूले' की तरह।

अच्छा, केका और मानू के पास ऐसा कोई लक्ष्मण-झूला नहीं होगा न!

शायद इसीलिए वासवी और विभव, केका और मानू को बताते हैं, हम जिस इंडिया से आए हैं न हम जिस इंडिया के हैं न, वहाँ ऐसी-ऐसी दीवाली, ऐसे-ऐसे पटाखे, ऐसे होली, ऐसे गुलाल, इतने फन, इतने इन्जॉयमेंट...

केका पिता की बात काटती, गम्भीर आवाज में कहती है—

"डैड! लेकिन फायर (आग) से खेलना खतरनाक होता है न। इसी से तो यहाँ एलाउड नहीं है।"

एक क्षण को विभव उसकी बात सुनकर अटपटाता है, फिर तत्काल सँभाल ले जाता है—"अरे तो उसकी पूरी प्रिकॉशन ली जाती है न!...सब लोग केयरफुली करते हैं...तुम्हें याद नहीं है केका? हम गए तो थे इंडिया..."

"ओऽऽ येस...जब मानू का स्टमक अपसेट हो गया था न!"

"स्टमक यहाँ भी तो अपसेट हो जा सकता है कभी-कभी...लेकिन याद करो, वहाँ हमने ताजमहल देखा था...और चारों तरफ कितने पीकॉक थे..."

"इयाऽऽ राइट...मुझे ताजमहल और पीकॉक दोनों की याद है...रास्ते में एक बूढ़ा एलीफैंट भी था और ढेर सारे 'बग्स' और 'फ्लाइस' भी..."

"हाँ", विभव ने बग्स और फ्लाइज झटके से उड़ाते हुए कहा—"हम लोग तुम्हें फोर्ट दिखाने भी ले गए थे!..."

"बट वो फोर्ट बहुत गन्दा था—एंड व्हाट वाज दैट यकी स्मेल?...वो गन्दी बदबू..." केका ने विभव का खिंचता चेहरा शायद लक्ष्य कर लिया था, इसलिए अपनी बात की सत्यता प्रमाणित करने के लिए दूसरा जरिया ढूँढ़ा—

"यू नो डैड! मेरी फ्रेंड ईशा भी बता रही थी कि जब वो लोग इंडिया में शॉपिंग कर रहे थे तो फुटपाथ पर काउडंग था और स्टेशन के प्लेटफार्म पर तीन-चार डॉगीज...ईशा ने ये भी बताया कि वो लोग जिस टेम्पल में गए थे, वहाँ गॉड्स तो कम थे, लेकिन मंकीज बहुत सारे थे—एक मंकी तो ईशा की मॉम का हैंडबैग ही छीनकर भाग रहा था।...इट्स डैंजरस नो?"

निरुत्तर विभव जब जवाब नहीं तलाश पाया, तो वासवी मोर्चे पर डट गई थी—"क्यों? तुमने नेट पर नहीं देखा? वाइल्ड लाइफ सैंक्चुअरी में लोग 'मैंकाव' (रंगीन तोतों) को हनी नहीं खिलाते?'...उन्हें अपने कन्धों पर नहीं बिठाते? हेलेन

का डॉगी तो उस दिन तुम्हारी स्लीपर घसीट ले गया था।"

पता नहीं, वासवी इंडिया का बचाव कर रही थी या हमारा। पर उसकी कोशिश के लिए उसे शाबासी देने का मन अवश्य हो आया था...कि तब तक छोटी मानू जो अब तक काउ, डॉगी, मंकी सुन-सुन कर बेसब्र हुई जा रही थी, खुश-खुश बोली—

"क्या हम किसी फार्म-हाउस की बात कर रहे हैं? और क्या मेरी बुक की तरह ही इंडिया में मेरे ग्रैंड पा के भी फार्म-हाउस में 'डॉगीज' और 'काउज' के साथ-साथ 'पिग्स' के 'पिग्लेट्स' (सुअर के बच्चे) भी हैं?..."

विभव और वासवी अब तक बुरी तरह पस्त हो चुके थे।

फिर भी इंडिया को सुनाने और समझाने की कोशिशें जारी हैं। कभी-कभी हास्यास्पद-सी। कभी कातर भी।...मैं महसूस करती हूँ कि ऐसी हर कोशिश के दौरान 'इंडिया' बच्चियों की कल्पना में एक धुंध सा घिरता और छँट जाता है। जैसे किसी दूर-दराज देश, इलाके की अजोबोगरीब सूचनाएँ हों।

तीसरा सप्ताह

आज वासवी का 'थीम' इंडियन मिठाइयाँ हैं। वह स्वाद के जोर से बच्चियों को ललचाना चाहती है। "ओह! इंडिया में कितनी तरह की मिठाइयाँ होती हैं—लड्डू, रसगुल्ले, गुलाब जामुन! तुमने खाई तो है..."

केका और मानू याद करने की कोशिश करती हैं और गरदन झटकाकर दोनों हाथों से गोला बनाती हैं, "दैट 'बॉल' शेप स्वीट नो?"

वासवी उत्साहित होती है, "हाँ, हाँ, वही...दादी को खूब सारी मिठाइयाँ बनानी आती हैं, तरह-तरह की...यमी स्वीट्स।"

छोटी मानू पलकें झपकाकर पूछती है, "क्या इन्हें वह मिठाई भी बनानी आती है, जिसके किनारे स्पाइरल होते हैं।"

"अँ? हाँ-हाँ गुझिया, गुझिया तो दादी बहुत अच्छी बनाती हैं।"

केका टोकती है, "लेकिन मुझे सिर्फ डायमंड शेप काजू कतली पसन्द है और वह तो बाजार से आती है।"

"नहीं, दादी वह भी बना सकती हैं...पूछो, बनाएँगी न तुम्हारे लिए? और जानती हो, गुझिया होली में बनाई जाती है, दादी को होली और प्रह्लाद की स्टोरी भी आती है।"

"स्टोरी?" दोनों एक साथ चहक पड़ती हैं।

"हाँ, हाँ बहुत सारी स्टोरीज...दादी सुनाएँगी तुम्हें...न दादी?"

मुझे भीष्म साहनी की 'चीफ की दावत' कहानी याद आ जाती है—जहाँ बूढ़ी माँ अपनी आँखें फोड़कर भी खुश-खुश बेटे के बॉस के लिए फुलकारी बनाने के लिए राजी हो जाती है। यह दादी भी काजू कूटेगी, कतली जमाएगी, गुझिया बनाएगी, कहानियाँ सुनाएगी। बच्चों को मनाने, फुसलाने, रिझाने और लुभाने के लिए कोई कसर उठा नहीं रखेगी। लेकिन तब भी ये दादी कोई दावा नहीं कर सकती कि...

चौथा सप्ताह

सुबह-सुबह केका का माथा सहलाते हुए मैंने कहा—

"हम नेक्स्ट वीक इंडिया वापस चले जाएँगे केका।"

उसने समझदारी से गरदन हिलाते हुए कहा—

"याऽ आय नो...मोस्टली गेस्ट लोग तो दो-तीन दिनों तक ही रुकते हैं और आप लोग तो..."

पास खड़ी छोटी मानू को अचानक याद आया। उसने तोतली इंग्लिश में बहन को टोका—"केका! फिर तो हमें दादी से हर रोज और—और ज्यादा स्टोरीज सुन लेनी चाहिए न?"

केका ने उसी समझदारी से गर्दन हिलाई—

"हाँ, आपकी स्टोरीज खूब मजेदार होती हैं। मॉम और पा को ऐसी स्टोरीज नहीं आतीं। उनके पास सुनाने का टाइम भी नहीं। वी लाइक योर स्टोरीज।"

मैं खुशी से हलकोरती बरबस पूछ बैठती हूँ, "अच्छा तुम्हें कौन-सी कहानी ज्यादा अच्छी लगी?"

"बताऊँ, एक तो वो जो कृश्ना, पॉयजनस स्नेक के ऊपर खड़े होकर बाँसुरी

बजा रहे थे (डेंजरस वट ब्रेव...) और दूसरी, राम ने जो 'डीमन' (राक्षस) रावण को मार गिराया, वो वाली।"

अचानक मानू बोली, "और केका! गैंडी जी (गांधी) वाली भी तो...मैत्मा गैंडी जी (महात्मा गांधी जी)...।"

"हाँ, हाँ, ही वाज थ्रोन आउट ऑफ द फर्स्ट क्लास कम्पार्टमेंट...ऐंड ही टुक अ वाउ टू फ्री इंडिया फ्रॉम ब्रिटिशर्स..., नाइस स्टोरी...वी लाइक द स्टोरीज ऑफ इंडिया। आप नेक्स्ट टाइम जब आना तो और ज्यादा स्टोरीज लेकर आना।" हमें स्टोरीज वाला इंडिया अच्छा लगता है।"

मुझे अपना चेहरा जगमगाता हुआ प्रतीत हो रहा है। मेरी शिराओं में नए रक्त का संचार हो रहा है। जैसे मरीचिका में ठंडे जल की धारा प्रवाहित हो रही हो। बच्चियों को इंडिया का 'कुछ' अच्छा लगता है। हाँ, मेरे पास अभी इंडिया की इतनी सारी, बहुत सारी कहानियाँ हैं, कभी न खत्म होने वाली...केका और मानू को सदियों-सदियों तक सुनाने के लिए। उन्हें इन कहानियों वाला इंडिया बहुत अच्छा लगता है, इसलिए।

अन्तिम सप्ताह

इतवार की सुबह—

पिघली बर्फ वाली ड्राइव-वे के बीच से छोटी मानू, एक हाथ में ड्रॉइंग-बैग, दूसरे में विभव की उँगली पकड़े सुबक-सुबक कर रोती घर में दाखिल हुई। वासवी दौड़ी—"क्या हुआ हनी? व्हाट हैपेंड टू यू? व्हाई क्राइंग बेबी? टैल मी।"

माँ से मिली सहानुभूति से रुलाई का वेग और तेज बढ़ाती मानू बड़ी मुश्किल से रोते-रोते बोल पाई—

"आइऽऽ गॉऽऽट बोऽऽऽऽर्ड"

"बोर्ड...? ड्राइंग-क्लास में...? तुम तो ड्रॉइंग करना कितना इन्जॉय करती हो...मेरे मना करने पर भी ड्रॉइंग क्लास जाने की जिद करती हो...फिर आज क्या हो गया तुम्हें...कहीं मिस टीना टीचर ने सुजाता की पेंटिंग को वेरी गुड तो नहीं दे दिया?"

मानू ना में गर्दन हिलाकर दुबारा हिचकियाँ लेने लगी।

परेशान वासवी दुबारा बाल सहलाते, आँसू पोंछते, मानू को बहलाती पूछ रही थी—

"अच्छा बताओ आज पेंट क्या कर रही थीं तुम? जंगल? सूरज? बिल्ली या हम्टी डम्टी?"

"नोऽऽ, द सेम सिली कृष्णाऽऽ...कितने दिनों से मिस टीना मुझसे वही पेंट करा रही हैं—उनके पीकॉक फीदर वाले ऑर्नामेंट को पेंट करते-करते मैं बोर हो गई।...आयम बोर्ड ऑफ दिस सिली कृष्णाऽऽ।"

वासवी एक क्षण को मुझे देखती हुई जल्दी से मानू को कहने लगती है—

"ओह, नो हनी...चच्च...रोते नहीं बट यू नो, कृष्णा इस अवर गॉड नो—वो हमारे भगवान जी हैं...कोई बात नहीं, मैं मिस टीना से पूछकर तुम्हारी कृष्णा वाली ड्राइंग पूरी करा दूँगी, ओके!..."

एक तरफ लगातार हारती जा रही वासवी मुझसे नजर नहीं मिला पा रही।

दूसरी तरफ सब कुछ हास्यास्पद होने पर भी हममें से कोई हँस भी नहीं पा रहा।...

सप्ताहान्त का ब्रेकफास्ट

शिकागो में हवाएँ चलती नहीं, ठंड और कुहासे को ललकारती हुई बेतहाशा दौड़ती रहती हैं। इसीलिए शिकागो को 'विंडी सिटी' कहा जाता है।

हम देखते हैं न, इस शीशमहलनुमा कॉलोनियल लिविंगरूम में बैठे-बैठे, पारदर्शी काँच की आदमकद खिड़कियों से। हम इन्हें महसूस नहीं करते, न हवा, न ठंड, न कुहासे को, सिर्फ देखते रहते हैं सारा दिन। हर रोज हमारी सुबह ऐसी ही होती है।

आज एक हफ्ता होने को आया हमारी फुर्सत और आरामतलबी का। घर के बाहर की तरह घर के भीतर भी चीजें बेशक हमारे सामने से गुजर रही होती हैं, एक दृश्य की तरह ही...लेकिन हम उसमें शामिल नहीं हुआ करते, जैसे बेटे-बहू अपने-अपने टाइम से अपने-अपने ऑफिस, कॉन्फ्रेंस के लिए जा रहे होते हैं।...

बच्चों को लंच बॉक्सेस और पानी भरी बोतलों के साथ, लगभग खींचते हुए पूल कारों और स्कूल बसों तक पहुँचाया जाना होता है। जाने से पहले वॉशिंग मशीन, डिश वॉशर के स्विच ऑन-ऑफ कर दिए जाते हैं। घर में लगे हीटिंग-सिस्टम का मीटर, मौसम और तापमान के हिसाब से एडजस्ट किया जाता है...और स्वचालित रिमोट से अपने-अपने गैरेज के शटर उठाते और गिराते हुए, कारों के एक्सीलरेटर दबा दिए जाते हैं।

लेकिन आज यह सब नहीं होगा। आज सप्ताहान्त की सुबह है। हमारे यहाँ आने के बाद के पहले सप्ताहान्त की सुबह! बेटे ने कहा है, 'वे सब हमारे साथ ब्रेकफास्ट लेंगे।'

सप्ताहान्त का ब्रेकफास्ट। सब चैन से उठेंगे। न कोई अफरातफरी, न भागमभाग। और हमें तो वैसे भी चैन ही चैन, फुर्सत ही फुर्सत। आए ही इसलिए हैं, सच पूछिए तो अमेरिका हमारे लिए अब ऐसा कोई टिम्बकटू नहीं रह गया है। सभी के बेटे, बेटियाँ, बहू, दामाद आते-जाते रहते हैं। अरे, बहुत सारा अमेरिका तो हमें इंडिया में बैठे-बिठाए ही मिल जाता है। (बल्कि असली अमेरिका से भी कहीं ज्यादा...) एक से एक मॉल, मल्टीप्लेक्स, पब, थिएटर, फेस्टिवल और फन फेयर...क्या नहीं है अब अपने देश में!

कमी है तो सिर्फ बच्चों की। बस, घर खाली हो गए हैं हमारे। उसी को भरने हम कोसों दूर यहाँ आते हैं। और इस कॉलोनियल शीशमहल में दिन भर बैठे-बैठे चिलकारती हवाओं को देखा करते हैं।

फायर प्लेस पर 'बोस' का आइ-पॉड रखा है। हम सारा दिन मन-माफिक संगीत सुन सकते हैं। बड़े से आयताकार टी.वी. पर चौबीसों घंटे, इंडिया से अमेरिका तक के सारे चैनल्स, खबरों की सनसनियाँ देखी-सुनी जा सकती हैं। और तो और कार्निश पर 'डिजिटल एलबम' रखा है। इसमें बेटे-बहू और बच्चों की अनगिनत तस्वीरें एक के बाद एक रेल के डिब्बों-सी गुजरती रहती हैं, सारा दिन। पिछले पूरे एक हफ्ते से देखते-देखते अब तो हम दोनों को काफी याद भी हो गया है कि किसके बाद कौन-सी तस्वीर आएगी।

एक मैक्सिकन मेड भी आती है, घंटे-दो घंटे के लिए...जिसे ये लोग 'हाउस हेल्प' कहते हैं। सुबह बच्चों को नहला-धुला, स्कूल के लिए तैयार कर देती है।

टेबल पर थोड़ा-बहुत नाश्ता भी लगा देती है।

लेकिन आज तो आई दिखती नहीं। पता नहीं, सप्ताहान्त पर आती भी है या नहीं। नाश्ते का समय तो हो गया, बल्कि रोज से दो घंटे ज्यादा ही...। आई होती तो दिखती ही।

खैर, यह इन लोगों की समस्या है। निपटेंगे। हमें तो बस वक्त काटने के सारे सरंजामों के बीच आराम से दिन गुजारने हैं। सीढ़ियों पर आहट-सी हुई है। शायद बेटा हो या कि बहू हो। हमारी आँखों में एक चमक-सी आती है। हम अनुमानों में उलझते हैं, तब तक आहट गायब हो जाती है।

वह मैक्सिकन लेडी, क्या कहते हैं हाउस-हेल्प आ गई है और उसने टेबल पर प्लेटें-चम्मचें लगानी शुरू कर दी हैं।

अब हम अपनी जगह बैठे-बैठे उसके ऊँचे बँधे जूड़े, एप्रन और कानों में लटकते लम्बे बुंदों को देखने लगते हैं। उसकी घड़ी और बाँहों का टैटू भी। वह शायद दूध के साथ खाए जाने वाले सीरेल्स के जार भी टेबल पर रख रही है।

ऊपर के किसी बेडरूम से फ्लश की आवाज आई है...टैप बन्द होने की... कोई दरवाजा भी खुला, फिर बन्द हुआ। हमारी आँखें अनजाने ही सीढ़ियों की तरफ उठ गईं। हमारा बेटा उतरा है। उसने हमारे अभिवादन में हाथ उठाया है और मैक्सिकन लेडी के पास जाकर बहुत धीमे-से कुछ कहा है। वह आदेश पालन की तत्परता से सिर हिलाकर, कॉफी परकुलेटर में पानी डालने लगी है। हमने एक-दूसरे की तरफ सन्तोषप्रद दृष्टि से देखा है—यानी ब्रेकफास्ट की तैयारी शुरू हो गई है।

हाउस-हेल्प से बात करने के बीच बेटा हमसे भी बोला, "पापा, मम्मी! आप लोग कॉफी लेंगे न?"

हमने अलग-अलग लेकिन ठीक एक साथ, खुश होकर हाँ कर दी और एक-दूसरे को देखकर सन्तुष्ट हुए। बेटा फिर ऊपर चला गया है। ठीक भी है, पानी में उबाल आने में दसेक मिनट तो लगेंगे ही।

ऊपर के किसी बाथरूम का टैप फिर खुलकर बन्द होने की आवाज आई। इस बार हम दोनों सहमत हैं कि बहू ही होगी। और इत्मीनान से बैठे-बैठे वापस डिजिटल एलबम पर सरकती तस्वीरें देखने लगे। तभी ऊपर बच्चों के कमरे से

कुनमुनाहट की-सी आवाज आती है।...शायद बच्चे जग गए। हमें तत्क्षण ध्यान आता है, क्यों न हम बच्चों के पास जाकर उन्हें सप्ताहान्त का गुडमॉर्निंग किस दे आएँ।

हम फौरन घुटनों, पैरों का सन्तुलन बिठाते आखिरी सीढ़ी तक चढ़ गए। लेकिन बच्चों के कमरे के बाहर ठिठककर विमूढ़ से खड़े रह गए—सामने दरवाजे के हैंडल पर, काली स्ट्रिंग से बँधा एक कागज़ लटक रहा है, जिस पर भूरे क्रेयॉन से बच्चों की आड़ी-तिरछी राइटिंग में लिखा है—'विनू एंड ताशाज प्राइवेट रूम। डोंट एंटर विदाउट परमिशन...थैंक्स...'

शायद ताशा को 'प्लीज' की स्पेलिंग नहीं मालूम, नहीं तो डोंट एंटर से पहले प्लीज डोंट एंटर तो लिखती ही। बेशक 'प्राइवेट' और 'परमिशन' की मालूम है।...और छोटे विनू को तो पॉटी के बाद 'बम' क्लीन करने का भी शऊर नहीं। अभी हैं ही कितने छुटंके से।

लेकिन हम अब क्या करें—अन्दर जाएँ या नहीं, यही सोचते थोड़ी देर तक पशोपेश में फँसे खड़े रहे हम दोनों, फिर एक-दूसरे की सहमति से (चूँकि दरवाजा आधा खुला है) धीमे-धीमे अन्दर प्रवेश कर जाते हैं। दुबारा, संकेतों में ही सहमत हो, दोनों बच्चों के माथे पर बारी-बारी से गुडमॉर्निंग किस भी कर देते हैं।

बच्चों के होंठों पर 'स्माइल' आती है। उन्हें हमेशा सिखाया जो जाता है, 'गिव अ स्माइल'...वे हमें वही, 'ओब्लाइज करने वाली' स्माइल देते हैं और उसके तुरन्त बाद हमारी उपस्थिति के प्रति अनिच्छा और थोड़ा और सो लेने की मंशा जताते हुए ऊपर तक लिहाफ खींच लेते हैं। हम दोनों पहले की तरह ही, वापस सन्तुलन बिठाते सीढ़ियाँ उतर आए हैं।

नीचे मैक्सिकन लेडी ने टेबल पर प्लेटें और प्याले लगा दिए हैं। दूध और मक्खन भी रख दिया है। अब वह अंडे तोड़ रही है। पता नहीं क्या बनाने के लिए। अचानक हमारी दृष्टि मिली। शायद हमने एक-दूसरे से पूछना चाहा कि कहीं हमें जोर की भूख तो नहीं लग आई है। लेकिन फिर उतनी ही शीघ्रता से एक-दूसरे को आश्वस्त कर दिया कि नहीं, अभी हम बच्चों का इन्तजार करेंगे। क्या हुआ!...वक्त काटने के इतने साधन तो हैं चारों तरफ...सुविधा, सम्पन्नता, प्रचुरता और समृद्धि के बीच हैं हम।

ऊपर से बहू की आवाज आई है। शायद वह मैक्सिकन लेडी को बुला रही है। बेटा इस बार कपड़े बदलकर सीढ़ियाँ उतर आया है। वह ताशा को भी साथ लिए हुए है...'दादा! दादी! को गुडमॉर्निंग विश करो।' ताशा उसके शॉर्ट्स में मुँह रगड़ते हुए बुदबुदी आवाज में शायद कह रही है कि वह हमें गुडमॉर्निंग कह चुकी है। "ओ...गुड जॉब!"...कहते हुए बेटा अचानक हमें सोफे पर बैठे रहते देख कहता है—"अरे! आप लोगों ने ब्रेकफास्ट शुरू नहीं किया?...देर हो गई न?...आइए..." वह हमें सादर टेबल की तरफ आ जाने का संकेत करता है और ताशा के लिए दूध में दलिया मिलाते-मिलाते, हमारी तरफ दूधदानी और कॉर्नफ्लेक्स का जार बढ़ा देता है।

हम बहू को पूछने के लिए होते हैं, फिर रुक जाते हैं, क्योंकि बेटा ताशा को जल्दी-जल्दी सीरेल्स खत्म करने का आदेश दे रहा है।

ठिन-ठिन करते विनू को एक तरह से जबरदस्ती ही गोद में लिए हाउस-हेल्प आती है और फुसलाते हुए दूध का गिलास उसके होंठों से लगा देती है।

बेटा हमें भी ब्रेकफास्ट शुरू करने का संकेत देता है। हमारे चेहरों पर हिचक और असमंजस देखकर वह ताशा के दलिये का आखिरी चम्मच उसके मुँह में डालता हुआ हमें आश्वस्त करता है कि हम उसकी चिन्ता न करें। वह सीरेल्स नहीं, सिर्फ ऑमलेट लेगा।

खाते हुए, हमारे होंठों पर दुबारा 'बहू' शब्द आता है कि बहू खुद लैपटॉप लिये खटाखट सीढ़ियाँ उतर आती है। बेटे की तरह बहू भी हमारा अभिवादन करती है और जल्दी से विनू के पास पहुँचकर उसे थपकती हुई बाकी बचा दूध पिलाने लगती है।

अचानक बेटे ने बहू के फॉर्मल ऑफिस ड्रेस की ओर दृष्टि डालकर, प्रश्नवाचक संकेत किया, जिसका जवाब बहू ने भी संकेतों में ही दिया। शायद बेटा क्या? कैसे? कुछ पूछता, लेकिन वह समझ जाता है कि बहू के पास विस्तार से बता पाने का वक्त बिलकुल नहीं है।

तभी तो वह जल्दी-जल्दी एक हाथ में कॉफी का फ्लास्क और दूसरे कन्धे पर लैपटॉप लटकाए हमसे क्षमा माँगते हुए उठ जाती है। जाते-जाते...वह मैक्सिकन लेडी को इशारा करती है कि विनू को शूज-सॉक्स पहनाकर उसकी

कार तक पहुँचा दे, जिससे वह उसे 'योगा फॉर चिल्ड्रेन' क्लासेज में छोड़ती चली जाए। आधे घंटे बाद जब बेटा ताशा को स्विमिंग-लेसंस के लिए ले जाएगा, तो विनू को वापस ले आएगा।

अचानक हमने देखा कि बेटे ने अपना ऑमलेट, कॉफी खत्म कर लिये हैं और वह ताशा को आहिस्ते-से झुँझलाकर दीवार घड़ी दिखा रहा है, जबकि ताशा पर कुछ खास असर होता नहीं दिखता। फिर भी वह बेमन से जूते पहनने लगती है।

हाउस हेल्प से ताशा का स्विमिंग बैग लेता बेटा हमसे मुखातिब होता है, "पापा, मम्मी! प्लीज आप लोग ठीक से ब्रेकफास्ट कर लीजिएगा। फ्रूट्स भी हैं फ्रिज में—जूस भी। मैं चलता हूँ...ओ.के....! ताशा कम!"

हम बेटे से पूछना चाहते हैं कि वह या बहू या बच्चे घर वापस कब, कब, और कैसे, कैसे, आएँगे?...लेकिन न जाने क्यों नहीं पूछ पाते, चुप रह जाते हैं। सिर्फ संकेत से उसे आश्वस्त कर देते हैं।

बेटा जल्दी-जल्दी ताशा का हाथ पकड़े, बाहर निकल जाता है। निकलने से पहले ताशा से कहता है, "दादा, दादी को बाय बोलो!"...

हाथ हिला चुकने के बाद हम वापस अपने नाश्ते की तरफ मुड़ते हैं। हमारे सामने टेबल पर दुनिया की बेहतरीन क्रॉकरी की प्लेटें और प्याले फैले हैं—कुछ खाए, कुछ अधखाए और कुछ पूरी तरह खाली और हम इत्मीनान से अपने पहले सप्ताहान्त का ब्रेकफास्ट पूरा करने लगते हैं।

प्रतिद्वंद्विनी

तुम मानो या न मानो, यह आदमी तुम्हारे लिए तकिये बराबर भी नहीं रहा कि दो घड़ी अपना निढाल सिर रख सुस्ता ही सको।

पलंग पर पड़ी एक लुंजपुंज, बेतरतीब काया, ढंग का पूरा शरीर भर भी नहीं।...

जिसके लिए दिन-दिन भर अपने आपको चाबुक मार-मार कर दौड़ती रहती हो तुम!

सोचने का समय नहीं है तुम्हारे पास।

घर से दवाखाने, दवाखाने से पैथॉलॉजी-क्लीनिक। खून, पेशाब, सेम्पल, रिपोर्ट, सिरिंज, दवाइयाँ-लिये बदहवास आती-जाती तुम।

अस्पताल जैसी लोहे की चारपाई मँगवा ली गई है घर में। शरीर को ऊपर-नीचे करने में सहूलियत। अपनी वाली पलंग भी नहीं रही अब।

उम्मीदों की डोर भी कब की छूट चुकी है। डॉक्टर तक ने कह दिया है साफ-साफ। लोग भी, तुम भी जानती हो कि अब कुछ होने-हवाने वाला नहीं। सब कुछ ऐसे ही रहना है, ऐसे ही...जाने कब तक...सिहर उठती हो तुम।

बेचारगी की बेशुमार थिगलियाँ और कतरनें चिपकाए, करुणार्द्र लोगों द्वारा हाथों-हाथ ली जाती तुम!

"क्या सो गए?"...

"जी हाँ, स्पंजिंग के बाद एक झपकी आ जाती है!" तुमने बताया है।

"ठीक है, ठीक है...कुछ दवाओं का असर, कुछ स्पंजिंग का भी..."

"जी..."

"अब आप भी थोड़ा आराम कर लीजिए। हम चलते हैं। फिर आएँगे।"

सिलसिला चलता रहता है। हर घंटे-आध घंटे पर, कहीं जाते हुए, कहीं से लौटते हुए लोग, उन्हें देखने आ जाया करते हैं, अपना फर्ज समझकर। चाय के लिए पूछा जाता है, तो मना नहीं कर पाते। थोड़ी देर सुस्ताते हैं, फिर चले जाते हैं।

यह 'आना-जाना' लोगों की और खुद तुम्हारी दिनचर्या का फिलर बन गया है।

उनके पास तो नाम के लिए, एक-दो मिनट को ही, बाकी समय तो तुम्हारे ही पास बैठते हैं। तुम्हारा दु:ख-दर्द बाँटते हैं।

बचा समय, उनके जाने के बाद, जूठे प्याले समेटने, बचे बिस्कुट वापस जार में डालने, चाय-पानी के निशान पोंछने में निकल जाता है।

कैसे-कैसे सहारे! सोचती हो तुम।

ये जूठे प्याले।

दवाओं की रसीदों की तरतीबें।

टेम्परेचर चार्ट मेन्टेन करने की सावधानी।...डॉक्टर की सन्तुष्ट मुखमुद्रा।

कैसी बेढब चीजों से बँध गए हैं तुम्हारे सुख, सन्तोष और समूची दिनचर्या।

तुम पलटकर देखती हो—

मेडिकल यंत्रों से सुसज्जित उस काया को...

शरीर दिमाग से बेतरतीब!...

जिसके लिए तुम अब कुछ हो ही नहीं। वह तो है भी तुम्हारी दुनिया में... लेकिन तुम होकर भी नहीं हो उसके लिए। यूँ भी उसकी संज्ञा-शून्यता में अब न कोई व्यक्ति, न वस्तु, न हर्ष, न विषाद।...

और तुम्हारे लिए उसका अस्तित्व?...अचानक हड़बड़ा जाती हो तुम! इस सवाल की क्रूरता और विद्रूप तुम्हें आहत करता है। और इसका बेढंगापन, अस्थिर कर देता है। बच निकलने का सिर्फ एक ही रास्ता...व्यस्तताएँ कम हैं तुम्हारी? जो इन धृष्ट, उद्धत सवालों को अपने आसपास फटकने दो...

लेकिन सवाल अपनी बदतमीजी से बाज नहीं आता। वह तुम्हें सोचने के लिए बाध्य करता है...कि मान लो कि—अब तुम थक गई हो। अब तुम जो भी करती हो यंत्रवत ही। सब कुछ लुटाकर भी उन्हें वापस लाने वाला जुनून अब नहीं रहा। थकान की लस्तपस्ती के बीच एक हौंस सी उठती है—कैसा होता होगा जीवन...इन दवाओं, सिरिंज, बोतलों और ड्रिप के बिना! ओह...

इंजेक्शन, पथ्य, स्पंजिंग और सोने वाली गोलियों के बिना!

(जिनकी मात्रा भी अब और ज्यादा बढ़ाई नहीं जा सकती न!...)

(यह तुम अपने आप से बहुत दूर, छुप कर, एक कोने में जाकर, कहती भी नहीं, सिर्फ सोचती हो।...एक दयनीय खलनायिका...)

सुधांशु का फोन आया था, टेक्सस से। पैसे ट्रांसफर कर दिए हैं बैंक को। और भी चाहिए हों तो माँ निसंकोच कहें। सिर्फ 'आना' नहीं हो पाएगा, पिछली बातों की तरह, जब तक कोई सख्त जरूरत न हो। माँ खुद समझदार हैं। कितना लायक बेटा है! हमेशा 'सख्त जरूरत' पर अपने आने की बात कहकर माँ को आश्वस्त कर देता है।

घंटी बजती है!

माधवी भाभी हैं। वह तो भूल ही गई थी कि वे इसी शहर में हैं।

पानी का गिलास देकर बिठाया। बताया, सो रहे हैं अभी; वही, दवाओं का असर।

माधवी भाभी शर्मिन्दा महसूस कर रही थीं कि वे इतने दिनों नहीं आ पाईं। उन्हें पता ही कहाँ था! कौन बताता, कब बताता? इधर ही किसी से खबर मिली। यह भी कि इस बात को तो महीनों हो गए।

अब कोई जाता ही नहीं न, उनके घर!

और जाएँ भी कैसे!

माणिक भाई थे तो और बात थी। फुर्सत निकालकर जाना ही होता था उनका हालचाल लेने।

अब तो उनको गुजरे भी ढाई बरस से ऊपर हो रहे हैं। आखिर कितने दिनों तक लोग आएँगे, यूँ ही बेमतलब!

हारी-बीमारी की बात और होती है।

माणिक भाई नहीं रहे, तब भी, काफी दिनों लोगों का आना-जाना होता रहा।...

लेकिन अब एक अकेली औरत और बूढ़ी आया।

('बूढ़ी' है तो ही टिकी है, जवान जहीन तो हफ्ते भर में ही पगला जाए उस भूत-बंगले में।...)

कोई आए भी तो किस मसरफ से! अटपटा तो लगता ही है।

माधवी भाभी बता रही थीं—शुरू-शुरू में तो फिर भी ठीक था, इनसान के जाने के बाद के हजार काम। इस कागज से उस कागज नाम चढ़ाना, उतरवाना, पोस्टमैन, कुरियर, वकील, वसीयत, मातमपुर्सी के सन्देश...देर-सबेर सुनकर आने वाले भी...।

लेकिन बाद में, हद सुनसान लगता, डर भी।...किसी-किसी ने सलाह दी थी, कुत्ता पाल लो।

उन्हें भी लगा था, आखिर माधवी भाभी से किसका हालचाल पूछें! कुत्ता रहता तो कम से कम उसी के बारे में पूछतीं। अकेली माधवी भाभी का क्या और कितना पूछा जाए। फिर भी सोचा और—

"अगल-बगल के लोग कैसे हैं?"

"अकेली रहती हूँ तो दरवाजा भी हमेशा बन्द ही रहता है। एकाध बार मिलने पर पड़ोसी कहते हैं—बिना बात घंटी बजाने में भी संकोच होता है। अकेली आप...बाथरूम में हों, आराम कर रही हों तो परेशानी...आपको...उनका भी क्या दोष।"

अचानक तुम्हारी निगाह अपने दरवाजे की ओर जाती है। खुले दरवाजे से झाँककर पड़ोस का संजू कहता गया है—"आंटी! भाजी वाले का ठेला आ गया।"

माधवी भाभी रश्क से देखती हैं...यही तो...खुले दरवाजे लोग आते-जाते झाँकते हैं, पैरों की आहटों का आभास बना रहता है। एक तसल्ली सी...लेकिन मैं अकेली औरत अपने घर के दरवाजे खुले नहीं रख सकती। पहले हमारे भी, खुले रहते ही थे, लोगों की आवाजाही की वजह से।

और...निकिता, रिषभ?...तुम माधवी भाभी से पूछने के लिए एक और प्रश्न, तलाशती हो।

फोन आते रहते हैं। फ्लू हुआ था न मुझे...तो लगभग रोज ही। किसी और डॉक्टर को दिखा लो। सैकेंड ओपिनियन ले लो। न हो तो एक और नौकर रख लो। रेस्ट लो। पूरी तरह ठीक हो जाओ तो कुछ महीनों को यहाँ आ जाओ।... और क्या कर भी सकते हैं वे।

"आप गई भी थीं न शायद सिडनी? दोनों के पास।"

"हाँ, गई थी।...इनके गुजरने के छह महीने बाद ही। दोनों ने समझाया—अपना अटेंशन आपको खुद ही 'डाइवर्ट' करना होगा।"

बहलाइए अपने आपको। यहाँ साधनों, मन-बहलावों की कमी नहीं। हमारे साथ ही हाथ बँटाइए। दो-चार दिनों में ही समझ में आ जाएगा। बर्तन? इंडिया की तरह घिसने नहीं हैं। बस धो-धो कर 'डिश वाशर' में डाल देने हैं। मशीन बन्द हो जाए तो पोंछ-पोंछ कर रैक पर लगा देने हैं। बस 'कुकिंग-वेसेल्स' जरा ठीक से घिस देने होते हैं। कचरा? अरे गैरेज में ड्रम है न! बस जैसे ही किचेन की गारबेज बिन भर जाए, प्लास्टिक का थैला बाँधकर पीछे गैरेज में डाल आइए। नई पोलीथीन थैली लगा दीजिए। न-न, कपड़े आप सिर्फ अपने प्रेस कर लिया करिए। मम्मी जी! धोबी यहाँ करोड़पतियों के भी नहीं आता। हमारे कपड़ों को बस तह लगा दिया करेंगी, वही बहुत है।

इसलिए वे डिश-वाशर में बर्तन धो-धोकर लगाने और धुल जाने के बाद पोंछ-पोंछ कर सजाने लगीं। किचेन की कचरे से भरी थैलियाँ गैरेज के ड्रम तक पहुँचाने लगीं। कपड़ों पर इस्त्री चलाने लगीं। बीच-बीच में अकेली इस खिड़की से उस खिड़की तक, बाहर बिछी बर्फ की ढूह और सुनसान निर्जन सड़क टकटोरती, प्लेयर के स्विच ऑन-ऑफ करती रहतीं। फिर शाम को निकिता, रिषभ के लौटने पर खुश-खुश (?) गर्म खाना परोसतीं। कभी-कभी रिषभ की फरमाइश पर नए व्यंजन भी बनातीं। सुबह दोनों के लिए टिफिन तैयार कर देतीं। हर दिन अलग-अलग चीजें। बहुत खुश होते थे दोनों। आने नहीं देते थे।...वे ही नहीं रह पाईं। चली आईं।

तुम फिर चुप्पी तोड़ती हो—"कावेरी दीदी की बेटी की शादी पड़ रही है

नवरात्रि के आसपास...आपको पता है न!"

"न-नहीं तो..." माधवी भाभी अटकती हैं—"तुम्हें किसने बताया...?"

"कावेरी दीदी ही आई थीं, एक दिन, ...इन्हें देखने...तभी बता रही थीं..."

माधवी भाभी अपनी डूबती आवाज को फिर सँभाल ले जाती हैं—"कावेरी भी मेरे यहाँ तभी की आई हैं जब ये...पर अब तो वह सिलसिला ही खतम हो गया न!...किसी से मिलना-जुलना हो ही नहीं पाता...तो बातें भी पता नहीं चल पातीं। और, किसी को क्या कहूँ, मैं भी ऐसे ही अकेली बेमतलब, कहाँ जाऊँ, किसके पास! सभी तो व्यस्त...छुट्टी के दिन तो ज्यादा ही—इसी से अब लोग शिकायत भी नहीं करते, उनके घर न आने की...समझते हैं।"

अन्दर से उनके करवट बदलने की आवाज आती है। जग जाने की अस्फुट ध्वनि। एक के बाद एक टेम्परेचर लेने की, दवा लेने की, डॉक्टर को फोन करने की जल्दी...ढेर सारी कीलों से, ढेर सारे छोरों पर, समय ठुका है तुम्हारा...

"ठीक है, मैं चलती हूँ।" माधवी भाभी दरवाजे पर आ खड़ी हो जाती हैं। पलटकर फ्लास्क, दवा की शीशियों, ढँका हुआ काँच का गिलास, टेम्परेचर चार्ट, देखती हैं।...आधे पिए चाय के प्याले, पानी के गिलास और प्लेटों में पड़े बिस्कुट के टुकड़े भी। एक लस्तपस्त घर, अस्त-व्यस्त किचेन...

सब कहीं अव्यवस्था, बिखराव...

फिर भी, खुशहाली न सही, आवाजाही तो है। बजते हुए फोन, आते-जाते लोग। हिम्मत बँधा कर, नमस्ते करके, फिर आने को कह के जाते लोग...

माधवी भाभी भी ऐसे ही जा रही हैं...

तुम उनकी दृष्टि भाँपती हो। तुम्हें विश्वास नहीं होता कि तुम्हारी स्थिति से भी किसी को रश्क हो सकता है।

माधवी भाभी की आँखों में साफ लिखा है कि उनका घर भी कभी आवाजाहियों से भरा हुआ रहता था।

तो...यह घर भी निष्क्रिय हो जाएगा, यदि यह निष्क्रिय व्यक्ति नहीं रहा तो!...

सिर्फ एक गुजारिश है सर!

सॉरी सर!

(जी हाँ, सर निरंजन मान सिंह!...)

मेरी कल्पना में आप 'शटअप्प' कह रहे हैं!

मैं यह भी साफ-साफ देख रहा हूँ कि 'शटअप' कहते हुए आप अपनी अधपकी मूँछों के ऊपर-ऊपर खफा हैं, नीचे बेहद आहत हैं और इन सारी चट्टानी सतहों की तली में हलकोरते मीठे पानी के सोते को, अपनी सख्त रोबदाब भरी शख्सियत के पीछे बड़े यत्न से, (स्त्रियों की तरह...खिक...सॉरी सर!) छुपाने की कोशिश कर रहे हैं...लेकिन मैं उसे हमेशा की तरह बखूबी महसूस रहा हूँ।

आप अभी तक अपनी सख्ती पर अड़े हैं। टस से मस नहीं हो रहे हैं कि—क्यों आ गया मैं इस तरह अचानक घर से वापस? यह कैसी बेअदबी है कि एकदम से स्ट्रोली और शोल्डर बैग उठाया और निकल दिए साहबजादे। मॉम कह रही थीं, उन्होंने कितनी कोशिश की।...सिर्फ चार दिनों के लिए ही तो आप अपनी 'गोल्फमीट' पर गए थे।...वह भी दोस्तों के बहुत इसरार करने पर...वरना क्या मैं जानता नहीं कि मैं जब भी छुट्टियों में घर लौटता हूँ, आप ऊपर-ऊपर कुछ न कहकर भी, अपने सारे जरूरी इंगेजमेंट्स रद्द करते, टालते जाते हैं। (बगैर मुझे बताए...पता तो मुझे मॉम से लगता है कि इस दौरान आपने फलाँ-फलाँ कॉल्स कॉन्फ्रेंस, मीटिंग और मीट कैंसिल की—)

जबकि घर रहते हुए ऐसा कुछ नहीं कि आपके साथ मेरी सुबह-शाम की बैठकी का सिलसिला चला करता हो, ठहाके गूँजते हों, गप्प-सड़ाके लगते हों, या आप मुझे हनी-शनी जैसे सम्बोधनों से नवाजते ही हों—याद नहीं पड़ता कि आपने कभी मुझे भींचकर गले से भी लगाया हो...वैसे, चाहते आप जरूर हैं, इसका अन्दाजा मैंने अक्सर, शतरंज की बाजियों के बीच, मुझ पर टिकी आपकी निगाहों से लगाया है, या कभी सुबह देर से आँखें खुलने पर, आपको सामने खड़े पा कर...

आप कहेंगे, तो? तो?...इसका मतलब यह तो नहीं कि हद के सिर चढ़े बेटे और खब्ती इनसान की तरह अचानक भाग लिए घर से!...अरे मैं नहीं था, मॉम तो थीं? मेरी न सही, उनकी तो सोची होती...कैसा लगा होगा उन्हें! कितना लाड़ करती हैं वे तुम्हारा...छुट्टियों में तुम्हारे आने से पहले बनाई और मँगाई जाने वाली चीजों की कितनी चाव भरी लिस्ट मुझे पकड़ाई जाती हैं, कितने प्लान बनाए जाते हैं, इसकी कल्पना भी नहीं कर सकते तुम।

फिरकनी सी नाची फिरती हैं मॉम पूरे घर में, जब तक तुम रहते हो...

बेशक सर! सॉरी, डैड!...इसमें तो कोई शक नहीं कि मेरे आने के दिन से, मेरे लौटने के दिन तक मॉम, किचेन, डाइनिंग से लेकर मेरे कमरे तक की देखभाल और साज-सजावट में लस्त-पस्त किए रहती हैं अपने आपको। सुबह के नाश्ते से लंच, डिनर तक, इंडियन-ट्रैडीशनल-डिशेज से लेकर चाइनीज, जैपेनीज, कांटीनेंटल व्यंजनों की ऐसी-ऐसी नायाब किस्में डाइनिंग टेबुल पर सजी होती हैं जिनमें बहुतों के, खाने की कौन कहे, हमने नाम भी नहीं सुने होते। ब्रेकफास्ट के फ्रूट्स से लेकर टी-टाइम स्नैक्स तक, एक-एक चीज मेरी पसन्द की। आप अन्दर से खुश, ऊपर से शिकायती लहजे में कहते हैं—'बॉय! आयम जेलस ऑफ यू...तुम्हारी मॉम ने मुझे तो कभी ऐसे लजीज मोमो खिलाए नहीं...'

मुझसे मिलाने के लिए मॉम जिस, तत्परता से फैमिली-फ्रेंड्स की गेट-टु-गेदर, पिकनिक, पार्टियाँ, कॉकटेल्स आयोजित करने में व्यस्त रहती हैं, उससे कभी-कभी लगता है जैसे इस घर का बेटा नहीं, किसी मल्टीनेशनल कम्पनी का कॉरपोरेट-हेड आया हो...लेकिन सच कहूँ तो मुझ पर लुटते मॉम के इस

बेशुमार लाड़-मनुहार को देखकर, आपका अन्दर-अन्दर मगन और रिलैक्स्ड होते रहना मुझे बेहद अच्छा लगता है।

जानते हैं क्यों? जिस तरह आप मुझे खुश देखना चाहते हैं न, उसी तरह मुझे भी अपने 'सर', सॉरी, डैड को खुश देखना राहत पहुँचाता है।...आपकी तो हर अदा, हर मुद्रा पर मैं कुरबान जाता हूँ...चाहे वह आपकी मूँछों के नीचे से हल्के-हल्के मुस्कराने वाली मुद्रा हो, चाहे सतर आँखों से बरजने वाला आदेश... और चाहे निचले होंठों को भींचकर 'हम्म' करके चुप हो रहने वाली गुमसुमी। दरअसल बाहर तो आपका कभी कुछ आता ही नहीं न...लेकिन आपके अन्दर की आहटों और सारे आरोह-अवरोहों को बखूबी महसूस करता रहता हूँ मैं। और एकदम सच कहूँ तो आपकी इस खुशी की खातिर ही, परेशान होने के बावजूद, हर वेकेशंस में मैं मॉम की ओवर-लोडेड हॉस्पिटैलिटी बरदाश्त कर ले जाता हूँ।

वरना मैं तो अनायास यहाँ तक सोच गया हूँ कि जब मैं चला आता होऊँगा तो मॉम को सूना, सन्नाटा ज्यादा लगता होगा या थकान से मुक्ति की राहत ज्यादा महसूस होती होगी...कितनी फिजूल-खर्ची करती हैं मॉम मेरी खातिर!—लिविंग, बेडरूम के पर्दों, टेबुल के लिनेन, सोफों के कुशन्स से लेकर, मेरी फिक्र और प्यार में इस्तेमाल किए गए बेपनाह शब्दों तक की फिजूलखर्ची... जैसे मल्लिका—मॉम, सॉरी, मॉम के लिए मैं कोई चैलेंज होऊँ...चुनौती...मुझे फतह किए बिना वे अपने हक और प्यार की लड़ाई नहीं जीत पाएँगी...जैसे मैं शर्त होऊँ...दाँव साँस रोक कर फेंके जा रही हैं मॉम—एक पर एक, अब लगा, बस अब लगा निशाने पर...

उफ्, मैं यह क्या कह गया सर!...सॉरी, डैड! सिर्फ डैड! मैं यह सब कभी नहीं कहता आपसे, अगर पहली बार आप आधी-अधूरी बात के बीच, फोन पर ही कुछ लम्हों को, पूरी तरह रुद्ध, गुम न हो गए होते। मैं इस गुमी को पहचानता हूँ...बहुत बचपन से...फोन के इस पार से देख रहा था मैं...जैसे आपने हार कर हथियार डाल दिए हों...मैंने पहली बार निरुपाय और निहत्था महसूस किया था आपको।

क्या मेरे अवचेतन ने कोई बदला लिया था आपसे?...

क्योंकि मुझे तोतले बचपन की वे अधियायी रातें कभी नहीं भूलतीं, जब

आपके अनजाने, बहुत आहिस्ते से बोले गए माँ के थरथराते शब्द, मेरे कानों में दर्ज हो जाते थे। सू-सू जाने के लिए माँ को जगाने को होता मैं, बेड पर ही फ्रीज हो जाता था—नाइट-लैम्प की मद्धम रोशनी जैसे ही धुँधलाए उनके शब्द—

"मेरा...दोष...क्या...है?'

"नहीं जानता, (बताते भी कैसे आप, कुछ होते तब न...)—और अपना भी...'

शायद यह आप खुद अपने आप से लगातार पूछते रहे थे।...जानता हूँ परुष, अक्खड़ जितने भी रहे हों आप...निर्दय नहीं हो सकते थे। तभी तो 'साथ' निभा रहे थे, अपनी अति सुघड़, संयत और अनिंद्य सुन्दरी पत्नी का...लेकिन महसूस भी करते रहे थे कि 'साथ' के नाम पर कहीं सिर्फ औपचारिकताएँ ही तो नहीं निभाई जा रहीं!...यह निर्वाह ज्यादा हुआ या निर्वाह के नाम पर अन्याय? वैसे एक तरह से देखा जाए तो आखिर क्यों कोई पति, सिर्फ इसलिए अपनी पत्नी का साथ निभाने के लिए बाध्य हो, क्योंकि वह सारे दुर्गुणों से रहित है?

तो शादी?...

वह बाध्यता थी।

(जो अपने हाथों में नहीं, उसके लिए क्या किया जा सकता है।)

लेकिन प्यार बाध्य होकर नहीं किया जा सकता!...बेशक, पत्नी का पूरा दर्जा दिया जा सकता है।

उस पद्मिनी के साथ सुबह-शाम और रातें बितानी कैसे मुमकिन है, जो यारबाश दोस्तों की महफिलों में बेलजियम-कटग्लास के छलकते पैगों और नॉनवेज जोकों वाले कहकहों के बीच से, चुपचाप उठकर अपने बेडरूम में मिश्र भैरवी की ठुमरी सुनते हुए मेघदूत पढ़ना ज्यादा पसन्द करती हो...माणिक झील में, फिशिंग के लिए गए, आपके काँटे में फँसी, छटपटाती मछली को देखकर जिसकी आँखें छलछला आती हों, और तन्दूरी-मुर्ग बनने से पहले, पंख नोचे जाते मुर्गे की फड़फड़ाती चीख की याद भर जिसे सजे-सजाए डाइनिंग टेबुल से भागकर वाश-बेसिन में उल्टियाँ करने पर मजबूर कर जाती हो।...(पर दावत का तो सारा मजा किरकिरा...)

इतनी तरलता और छुईमुई कोमलता को कहाँ तक फिट कर पाते आप अपनी

शानदार, अलमस्त दिनचर्याओं में! इस भव्यता को तो बस पूजा जा सकता है। सच-सच बताइए, आपने कभी सोचा तो होगा ही कि काश! ये किसी और की पत्नी होतीं और आप दिल खोलकर सराहते उन्हें...

"बोलो...क्या...करूँ?"...

उन्होंने उत्तर देने की जगह मन ही मन शपथ ली होगी—

आप नहीं...मैं ही कुछ करूँगी—

दोनों अभिशप्त हों, इससे अच्छा, एक तो शापमुक्त हो।...

और सचमुच एक रात मुझे आपके पास दुबका कर, सूर्योदय से पहले चुपचाप अस्त हो गई थीं माँ।

जानता हूँ, आप रोए थे, उनके प्यार में न सही, सम्मान में। थोड़ी सी आत्मग्लानि में भी। बराबरी की हँसी, कहकहे, शिकार, आखेट का साथ (वह भी एक-दो नहीं चौबीसों घंटे का), भले न हो पाया हो, लेकिन सम्मान तो करते थे पद्मिनी का! शायद सोच रहे हों आप उन क्षणों में, कि कोई और रास्ता नहीं तलाशा जा सकता था क्या! जल्दबाजी कर दी पद्मिनी ने!

लेकिन अब तो खाली पिंजरा छोड़कर उड़ गई थीं माँ!

आपने वह खाली पिंजरा कबाड़ में फेंका नहीं, अपने पास बड़े जतन से रख लिया। पद्मिनी अब सिर्फ एक स्मृति थी आपके लिए।...स्तब्ध कर देने वाली स्मृति!...

आपने बहुत कोशिश की होगी सर, पता लगाने की, जानने की कि आखिर कहीं भी हों, तो—कहाँ और कैसे रहना चाहेंगी वे...पद्मिनी। कुछ कर नहीं उठाते आप उनकी 'अन्य' सारी इच्छाओं की पूर्ति के लिए! बहुत कुछ करना चाहते थे, आप उनके लिए।

कहीं, आपको मुक्त कर गईं, इस एवज में तो नहीं!...

छि:, क्या कह गया मैं!...लेकिन सचमुच कहीं आप उनके सामने खुद को छोटा, बौना तो नहीं महसूस करते थे?...ये सब मेरे फितूर भी हो सकते हैं।... बहरहाल, सच तो यह है कि आप पद्मिनी के लिए ही लगातार सोचते रहते थे।

मैं भी सर अक्सर यही सोच पड़ता हूँ कि क्या सचमुच माँ कहीं होंगी!...

मेरे बारे में जानती या मुझे देखती भी होंगी! मेरे कयास ढेर सारी बेतरतीबियों में छितर-बितर जाते हैं...और फिर, जवाबों के मिलने से माँ तो नहीं मिल सकतीं न! जवाब, जवाब है, माँ, माँ हैं। कभी-कभी चीखकर सोचता हूँ, काश उनका मृत शरीर ही तीसरे, चौथे किसी नदी, नहर में उतर आया होता, तो मैं एक सदमे के धचके के बाद, उससे उबर भी लिया होता। एक बड़ी ग्रन्थि से मुक्ति मिल गई होती। कितना मर्मान्तक है यह ख्याल कि मेरी माँ, कहीं हो भी सकती हैं, नहीं भी हो सकतीं।

विश्वास कीजिए, अगर कभी वो मुझे मिलीं भी तो मैं उन्हें कभी माफ नहीं करूँगा, रो चाहे जितना लूँ उनके साए में। कैसे छोड़ गई होंगी वे मुझे!...

आपकी खुशियों की खातिर?...

और मेरी खुशी?...

(ये पॉइंट नोट किया जाए मी-लॉर्ड! क्योंकि यहाँ आकर हम पिता-पुत्र प्रतिद्वंद्वी हो जाते हैं...)

लेकिन आप हैं कि अपनी जिद पर आमादा। एक अक्खड़ विश्वास, आपके तेवर के अनुकूल कि आप मेरे नुकसान की भरपाई करके रहेंगे।...और मल्लिका-मॉम पहचानती हैं, आपके हर संकेत को। जानती हैं कि सर निरंजन मानसिंह तक पहुँचने के सारे रास्ते उनके बेटे, सौमित्र मानसिंह से होकर ही जाते हैं। इसलिए मेरे रहने तक, चाय-बागानों के बीचों-बीच सफेद क्राइस्थम-सा खिला अपना बंगला, सरगर्मियों से खदबदाता रहता है। फ्रेंच-शिफॉन के रेशमी आभा रंगों वाली साड़ियों में, मल्लिका मॉम मेरी आवभगत में जीजान से जुटी, खानसामे से लेकर धोबी, हज्जाम और माली को एक पर एक हुक्मनामे जारी किए जा रही होती हैं कि अभी तक सौमित्र बाबा के बाथरूम में फ्रेश टॉवेल नहीं डाली गई...आज तो फालसे के बैंजनी शरबत के लिए बोला था न! नहीं, शाम की चाय के साथ सौमित्र के लिए पालक-पैटिस मैं खुद बनाऊँगी...और आप सर! अति गद्‌गद, अति कृतज्ञ, (अपराध बोध से मुक्ति की राहत से) आँखें मूँदे मुस्करा रहे होते हैं...कि सौमित्र बेटे को 'माँ जैसी' कौन कहे, माँ से भी बढ़कर प्यार करने वाली 'मॉम' मिल गई।

अपराध-मुक्त हुए आप! यूँ अपराध आपने किया ही कहाँ था—पद्मिनी ने

स्वयं अपना निर्णय चुना था। आपने तो यथासम्भव सारे अधिकार दिए थे उन्हें और स्वयं भी सारे दायित्व निभाते गए थे, पति के। सिर्फ प्यार पर ही वश नहीं था कि उठा कर दे देते। पद्मिनी स्वयं तो मुक्त हो गई थीं, लेकिन आपको तो आकंठ बेचैनी में डुबा गई थीं...मुक्त तो आपको मल्लिका ने किया था, उस गिल्ट से। इस तरह, व्यवहार में अतिकुशल, चपल और परिहासी होने के साथ-साथ जी-जान से मुझ पर खुलेआम प्यार लुटाने वाली मल्लिका-मॉम मेरी माँ ही तो हुईं...लौटा दी आपने मेरी माँ...भरपाई कर दी।...यह सोचकर अति सन्तुष्ट और लुब्ध हुए आप सर, निश्चिन्त भी। (कि तभी मैं भाग लिया)

दरअसल कई बार, चाह कर भी आपसे नहीं पूछ पाता कि 'माँ' जैसा क्या होता है डैड? या फिर 'माँ' जैसा कुछ होता भी है क्या!...यह नहीं कह पाता आपसे कि आप इस भ्रम से मुक्त हो जाइए कि किसी को भी उसकी माँ का विकल्प प्रदान किया जा सकता है। और फिर, आपके पास जो है, पिता वाला प्यार...वह तो आप पूरा का पूरा मुझे दे ही रहे हैं...कभी आँखों से बरज कर, कभी मूँछों में छुपा कर, कभी बनावटी लहजे में तुर्श होकर और कभी सीधे-सीधे हड़क कर—हाँ, पिता का प्यार...'पिता जैसा' प्यार नहीं...

फिर माँ वाले प्यार के लिए इतनी जबरदस्ती क्यों? जैसे 'प्यार' नहीं कोई शिकार हो और उसे पकड़ पाने की कोशिश में मल्लिका-मॉम बेदम हुई जा रही हों।...सनी! कोई तकलीफ तो नहीं! देखो, शरमाना नहीं...आखिर मैं तुम्हारी मॉम हूँ बेटे! मुझसे नहीं कहोगे तो किससे कहोगे...और फिर यह तुम्हारा घर है, यहाँ संकोच की जरूरत नहीं...

ठठाकर हँस पड़ने को जी चाहता है सर! कहना चाहता हूँ कि मैं शरमा नहीं, उकता रहा हूँ आपकी अतिरिक्त देखभाल से मॉम! आपको कैसे समझाऊँ कि कोई भी माँ, छुट्टियों में घर आए अपने बेटे को यह कहकर दिलासा नहीं देती होगी कि यह उसका ही घर है। शरमाए नहीं। बहुत मन है, आप दोनों की ही उपस्थिति में यह कहने का कि क्या जरूरी है, हर सम्बन्धों पर बाकायदे टैग चिपकाए ही जाएँ, कुत्तों की नस्ल की तरह?...

कितना अच्छा होता यदि 'मॉम', 'माँ जैसी' के नैतिक-भार से मुक्त होकर, मुझे सर मानसिंह की पहली पत्नी के पुत्र के रूप में ही स्वीकारतीं और उसी

रिश्ते की शिष्टता निभातीं! मैं भी, मॉम को पिता की दूसरी पत्नी के रूप में भी तो सम्मान दे सकता था। प्रदत्त रिश्तों के बीच, हमारे आपसी बर्ताव शायद ज्यादा सहज होते। कम से कम जो है, उसे झुठलाने और जो नहीं है, उसे मनवाने की जबरदस्ती तो हममें से कोई नहीं कर रहा होता।...और आप भी डैड, मेरे प्रति, मॉम की उठापटकों की बदौलत, उन्हें हासिल हुए, जाली प्रमाण-पत्रों को, असली समझने के भ्रम न पालते होते!

हफ्ते भर पहले का ही टिकट बुक करा लेने के पीछे मेरी यही टीस, यही आक्रोश, या बगावती तेवर कह लीजिए...जो नहीं कह पाया, उसे कर दिखाने का। कहता कैसे कि डैड! मुझे माँ न होने का उतना दुःख नहीं, जितना माँ की भरपाई की होती हास्यास्पद कोशिशों का...

घर में रहते हुए कई बार अपनी देखभाल का तामझाम इतना अखरा कि मन किया जोर से चीख पड़ूँ—स्टॉप ऑल दिस नॉनसेंस—

लेकिन जानता हूँ, उससे, आप समझते तो थोड़ा ही, लेकिन उदास बहुत ज्यादा हो जाते। और मैं, आपके गुस्सैल तेवर तो बड़े फख्र से बर्दाश्त कर लेता हूँ, लेकिन आपके उदास होने की कल्पना मेरे लिए दुसह्य है।

समझ लीजिए कि आप मुझे डपट कर, एक जोरदार 'हम्म' के हवाले से जितना प्यार करते हैं, उससे कम प्यार मैं आपको अपने घुन्नेपन में नहीं करता, यह जानते हुए भी कि मैं आपके और अपनी माँ के प्यार की निशानी नहीं हूँ। किन्हीं घटित, संयोगों की देन हूँ।...लेकिन मैं उस पिता के वीर्य की उपज तो हूँ ही जो मुझे बेइन्तहा प्यार करता है।

रुकिए, कहीं इसलिए भी तो नहीं आप मुझे इतना प्यार करते? रुकिए, ऐसा तो नहीं कि आपके अन्दरूनी प्रकोष्ठों में यह अपराधबोध बरकरार है कि मेरे जीवन का सबसे बड़ा लॉस ही आपकी जिन्दगी के सबसे बड़े लाभ की शर्त रहा है?

छिः, फिर आपका दिल दुखाया। बगावती बाप का बगावती बेटा जो ठहरा। लेकिन अगर आप ऐसा सोचते भी हैं तो मेरे लिए सबसे बड़ी आश्वस्ति यही कि मेरा नुकसान, हमेशा आपके जेहन में दर्ज है। शुक्रगुजार हूँ मैं आपका सर! डैड!

दरअसल, मैं आपसे तो नहीं, लेकिन उस पिंजरे से डरता हूँ जिसमें आप अपने आपको बन्द किए रहते हैं। वैसे पिंजरे तो हम सभी के पास हैं डैड, जिसमें हम अपने-अपने दु:खों को चुमकारते, पुचकारते दाना-चुग्गा देते रहते हैं। शायद मॉम के पास भी होगा ही होगा। क्या ही अच्छा होता, हम अपने-अपने पिंजरे की चाबियाँ एक-दूसरे को सुपुर्द कर पाते कि लो यह मेरे वाले पिंजरे को भी खोल देने की कोशिश और जिम्मा तुम्हारा—हम मुक्त कर दें, एक-दूसरे को...

तो...सॉरी डैड! विश्वास दिलाता हूँ, अब कभी आपकी आवाज इस तरह बीचोंबीच भर्रा कर गुम नहीं होने दूँगा...और हाँ, छुट्टियों के सात दिन पहले ही भाग लिया था न, तो सेकेंड सेमेस्टर के बाद जब आऊँगा, तो पूरे एक हफ्ते ज्यादा रहकर आपके (और अपने भी) नुकसान की भरपाई करूँगा।

शर्त सिर्फ एक, छोटी सी, इस बार उस घर में बस एक जोड़ी पिता-पुत्र होंगे, एक जोड़ी पति-पत्नी...इनके बीच कोई माँ (जैसी) नहीं होगी।

बेशक, मल्लिका-मॉम तो रहेंगी ही...बतौर घर की मालकिन...

अब घर तो उन्हीं से हुआ न!...

जंगल समझता है स्त्री को...

उस सुबह 'वह' बेहद खुश था।

'उस' पर मेहरबान था।

आँखों में अतिरिक्त कृपा भाव और औदार्य झलकाता बोला—"चलो आज तुम्हें घुमा लाता हूँ...तुम्हें जंगल वगैरह बेहद पसन्द हैं न!...खुश हो जाओगी।"

"मैं तो खुश ही हूँ...जंगल घुमाकर खुश करने की तकलीफ क्यों बेकार में..."

"अब डॉयलॉग मारकर बोर मत करो यार। चलो चुपचाप।"...

चल दी वह।

चल दिए वे।

काफी दूर ड्राइव करने के बाद उसने जीप रोक दी—

"एशिया का सबसे बड़ा रिजर्वायर है यह, पता भी है तुम्हें!"

अब तक दरबान ने बड़ा-सा गेट खोल दिया था।

"अपना एक दोस्त लगा है न यहाँ, वरना किसी को घुसने थोड़ी मिलता है।" उसने सगर्व सीना फुलाया—

"ये देखो, नदी, ढलानें, घाटियाँ और दूर तक फैला जंगल, सब कुछ नकली लेकिन असली की तरह बनाकर रखा है...अच्छा लगा न तुम्हें?"

उसने सामने देखा, सचमुच नीम, कीकर, पाकर, कनेर, बरगद और सेमल

भी छितरा-छितरा, सतह उथला ढलानों में बहता पानी—

(कहीं वह अभी ही उसे पानी साफ करने का प्रॉसेस न बताने लगे...)

कनफूल झमकाती अमलतास की शाखें...चँवर डुलाते पीपल, सिहरती नीम और टपकते जामुन...और आधी रात को फूलने वाला गूलर भी। अचानक सामने बबूल के काँटे छितरा आए। सिहरकर काँप गई वह। याद आया, रात, अपनी पीठ पर चुभती उसकी उँगलियों के लिए अपने मनोभाव छुपाकर बोली थी—"कुछ नहीं, रोमांचित हूँ बस, तुम्हारी उँगलियों के स्पर्श से।..."

वह सन्तुष्ट और तृप्त हुआ था। होकर, सगर्व, उन्मत्त आवाज में उद्घोषणा सी की थी—"हम कभी बूढ़े नहीं होंगे।"...

उसकी घोषणा सुनकर वह काँप गई थी...लेकिन वह उसी खुमारी में प्रसन्न मन झूमता, एवजी में उसे खुश करने की तरकीब सोचता रहा था।

सहमी-सी वह, दुबारा जंगल की उँगलियाँ थामे चलने लगी—खूब-खूब सारी फूलों-भरी शाखें, कुनमुनाती लताएँ, टहकोरते पक्षी, छलछलाता पानी, काँपती फुनगियाँ और एक-पर-एक थमी कुहरे ढकी पहाड़ियों के सीने में दहकता लाल सूरज...

अनायास वह जंगल से बुदबुदाई—'ओह! तो तुम्हारे अन्दर भी आग का गोला दहकता है, जंगल?'

'कोई बात नहीं' जंगल ने प्यार से समझाया, 'उधर देखो, ढलान पर एक सफेद लिली भी तो खिली है।'

सफेद लिली, लाल दहकते सूरज और सुबबूल के काँटों के राज से बेखबर उसने एक मसखरी से भरी टिहकारी ली।

"अच्छा मान लो। हम-तुम इस जंगल में अकेले हों और रात हो जाए..." (उफ्! इसने बॉबी पिक्चर देखी है...अब यह चाबी खो जाने वाली लाइन भी न दुहराने लगे...बिना यह समझे कि जंगल को कमरे की तरह बन्द नहीं किया जा सकता...)

"तुमने जवाब नहीं दिया?" वह बेसब्र उतावली से दुबारा पूछ रहा था। "मान लो, यहीं रात हो जाए..."

वह अपने सेंस ऑफ ह्यूमर पर दाद चाहता था, लेकिन वह यथाशक्ति

अपनी सिहरनें छुपाने की कोशिश में लगी रही। कैसे कहती कि हम दिन की ही बातें करें न...क्योंकि दिन में, लाख सूरज दहके, ढलानों पर सफेद लिली भी तो दीखती है। (और...और रात तो बाज-सी झपटती महसूस होती है।...)

"तुम फिर नहीं बोल रही," उसने लाड़ जताया—"मान लो, इस जंगल में हम-तुम अकेले हों और रात हो जाए तो?" कहने के बाद उसने सचमुच फिल्मी अन्दाज में गाने की कोशिश भी की।

वह अनुनयभरी लाचारगी से बोली—"मुझे बॉबी वाला डायलॉग और गाना अच्छा नहीं लगता।"...

"अच्छा?" उसे मजा आया। "लेकिन मुझे तो लगता है।"

"बताओ भी, अगर हम तुम अकेले हों इस जंगल में और रात हो जाए?"

अचानक वह चीखती-सी आवाज में कह पड़ी—"शेर से मैं कहूँगी...मुझे खा जाए..."

वह चौंका, फिर बड़ी बेरहम मेहरबानी से हँसा—"अरे वाह! तूने तो रात वाली लाइन में शेर वाली बात जोड़ दी...फिर भी, मजा आ गया। औरतों वाली बातें औरतों के मुँह से ही सुननी अच्छी लगती है।...लेकिन एक बात बता, तू क्या समझती है, मैं तुझे ऐसे ही शेर को खाने दूँगा?"

"क्यों?"...कहने के साथ ही कोई सपना-सा जुड़ा (कि यह आखिर क्यों मुझे बचाने की सोच रहा है...) "क्योंकि तब मेरा क्या होगा, ऐं? हहा-हा-हहा-हाँ...।" फिर वह कृपालु होकर प्यार और लाड़ दोनों जताने लगा—"अरी, शेर तुझे खा गया तो इस जंगल में अकेला मैं क्या भाड़ झोंकूँगा? नहीं-नहीं ठीक मैं इन्तजाऽऽर करूँगा तेरा कयामत तक"—वह फिर से गाने लगा।

"नहींऽऽऽऽईं..." अचानक वह दुबारा चीख पड़ी। वह पहले तो भौंचक हुआ फिर रंग में भंग पड़ने का अहसास होने से बौखला गया—इतना जोरदार गाना याद आया था, सिचुएशन से मैच करता हुआ, लेकिन यह तो ऐसी चीखी जैसे आसमान फट पड़ा हो या किसी ने गला टीप दिया हो...बेरुखी से पूछा—"क्या हुआ?, चीखी क्यों?"

वह रुआँसी होकर घिघिआयी—"पता नहीं कैसे चीख निकली गई—नहीं तो भला 'कयामत' में क्या रखा है?"

वह वापस भन्नाया! "इन औरतों का कुछ ठिकाना नहीं, अच्छी-खासी भीगी बिल्ली-सी सिर झुकाए चल रही थी कि अचानक इस जंगल सी ही खूँखार हो उठी।"

स्त्री ने जंगल से क्षमा याचना की कि वह अभी-अभी उसके लिए कहे 'खूँखार' शब्द को वापस लेती है। वह अच्छी तरह जानती है, जंगल तो भरपूर घना और सायेदार होता है।

जंगल भावुक हो आया। वह पीपल, पाकड़, जामुन और नीम की चँवरें डुलाता, ममतालु स्वरों में गुनगुनाया—'नहीं, मैं तुम सा घना, सायेदार कहाँ... मेरे पास एक भी गहरी झील तुम्हारी आँखों-सी नहीं है...न एक भी ओस की बूँद तुम्हारे आँसू सी...कहाँ है मेरे पास...'

वह चकित थी। 'जंगल! इतना समझते हो तुम स्त्री को? जंगल होकर भी?'

जंगल आर्द्र हो आया... 'कई भ्रम पाल रखे हैं तुमने मुझे लेकर...भूल जाती हो कि धू-धूकर जलता भी है यह जंगल...तो भी...खत्म नहीं होता...'

स्त्री ने कहा—'मैं तो हो जाती हूँ।'

जंगल ने हैरत से पूछा—'क्या?'...

स्त्री ने कहा—'खत्म...'

जंगल ने फिर उसे बावली समझ, शाखों से उसका माथा सहलाया, प्यार से समझाया—'खत्म और तुम? इतनी सुघड़, सलोनी, पूर्ण, सम्पूर्ण, खड़ी हो मेरे सामने और कहती हो खत्म'—

'नहीं सच। टूट-टूटकर बिखरती हूँ, फिर किरचें समेटकर जोड़ लेती हूँ अपने आपको...वह भी इस तरकीब से कि देखने वाले समझें, एकदम टटकी नई-नई तराशी हुई स्त्री है। टूटी-फूटी-सी कौन कहे, कहीं से चिटकी तक नहीं।'

जंगल अभिभूत था—'कैसे कर पाती हो यह चमत्कार!'

'पुश्तों का हुनर है। सारा श्रेय, सदियों की उन प्रयोगशालाओं को जाता है जिनकी अपनी शोध, अपनी तकनीकें और अपनी प्रामाणिकता है। वे जीने के नाम पर जाली समझौतों में विश्वास नहीं करतीं। आँसुओं को भी, अब बहाती नहीं, परखनलियों में सहेजकर रख लेती हैं, एक नए प्रयोग के लिए।'

तभी जीप का हॉर्न तेज-तेज बजने लगा—और स्त्री उस दिशा में दौड़ चली—'मेरा बुलावा आ गया...चलती हूँ।'...

जंगल की आँखें नम हो आईं।

स्त्री झाड़-झंखाड़ फाँदती हॉर्न की दिशा में दौड़ती जा रही थी।...

अगले दिन जंगल में चारों तरफ ओस बिछी थी। किसी ने पूछा तो उसने बताया, 'पता नहीं, सिर्फ इतना जानता हूँ कि एक औरत कुछ लम्हों, मेरे साए में सुस्ताती, बतियाती रही थी। कहती थी—'जंगल होकर भी औरत को समझते हो तुम...' बस इतनी-सी बात पर मारे खुशी के बावली-सी, ओस-सी बिछती चली गई थी वह...औरत...

सूबेदारनी का पोता

पूरी कॉलोनी में चर्चे हैं। सूबेदारनी के पोता हुआ है। हिंया नहीं, अमेरिका में। अभी-अभी खबर आई है, फोन से। सारे टोले-पड़ोस के बीच, अमेरिका में हुआ एक अकेला पोता।

कहने को सदर बाजार से चौक के बीच वाली इस कॉलोनी में कितने नाती-पोते हुए, लेकिन बहुत हुआ तो मुरैने, मिर्जापुर या जलंधर तक, अमेरिका में तो बस सूबेदारनी का पोता हुआ।

बेटा भी उसी का अमेरिका गया न। लायक था सूबेदारनी का बेटा। ब्याह भी किया तो लौट के अपने देश-मुलुक की लड़की से। बाकायदे सेहरा, साज, फेरे डाल, माँ-बाप के पाँव लग, लुगाई को लेके गया परदेस।

वो तो इस बार ब्याह के बाद से जानो नहीं आया, नहीं तो पहले हर साल, डेढ़ साल पे, ये डबल सूटकेसों के साथ आता। पूरे पड़ोस के हालचाल लेता। किसी को चॉकलेट तो किसी को मोजे, टम्बलर, चाबी की रिंग...और माँ-बाप की तो पूछो मत, एक से एक नायाब सौगातें, कभी बाप की शुगर जाँचने की मशीन तो कभी माँ का ब्लड प्रेशर नापने वाला चौड़ा पट्टा। कभी घूमता कैमरा तो कभी मालिश करने वाली मशीन। और इस बार तो कम्प्यूटर में ऐसी मशीन फिट करवा गया है कि यहाँ से वहाँ और वहाँ से यहाँ तक...बात करने वालों की सूरत तक साफ-साफ दिखाई पड़े। अब बोलो। इससे बड़ा सुभीता और क्या

होगा कि न पास रहने की खिटपिट और न दूर रहने की कलप। बेटा गली बाहर के साइबर कैफे वाले निरंजन को सवाच गया है कि जब भी माँ-बाप बुलाएँ तो कम्प्यूटर का बटन फिट कर दे और उनकी बोलचाल, देखादेखी करवा के चला जाए।

लेकिन सूबेदारनी मगन होने के बावजूद सकुचाती। क्या बेबात बुलवाऊँ! फोटो आने की सोच, पहले खुद के कपड़े-लत्ते दुरुस्त करो, मुँह धोने-चिकनाने की झंझट...फिर यहाँ और वहाँ का टाइम मिलवाओ। सुबह जब तक निरंजन आ पाते हैं, वहाँ रात होने लगती है और रात में करो तो वहाँ सुबह...दोनों ऑफिस भागते होते हैं। फालतू बातें करने का टाइम कहाँ बेचारों के पास। हारकर उन्हें कहना पड़ता है—सॉरी! जरा जल्दी में हैं हम दोनों...बाकी बचे शनिवार-इतवार, तो उसी में हफ्ते भर की सफाई, कचरा निकासी से लेकर ग्रोसरी, शॉपिंग और इन दिनों तो डॉक्टर, अपॉइंटमेंट और चेकअप भी—

यहाँ तक कि आज की इत्ती बड़ी खुशखबरी यानी उन लोगों के 'दादा-दादी' बन जाने की सूचना भी जल्दबाजी में देता हॉस्पिटल के ड्यूज चुकाने निकल गया—सूबेदारनी ने ललककर कहा—"मैं कैसे देखूँगी अपने पोते को?"...

बेटे ने कहा—"स्काइप पर। शाम को निरंजन को बुलवा लेना। ओ.के.।"

जी न माना तो फोन रखते-रखते बेटे से कहा—"मन करता है उड़ के आ जाऊँ उसे देखने..."

बेटे ने समझाया—"सब्र करो। शाम को तो देख ही लोगी। फिर आना भी, आराम से।"...कहते-कहते बेटे ने फोन कट कर दिया।

लेकिन सूबेदारनी को कहाँ चैन। हलकान, बौराया मन। बरसों बरस पे पहलौठी की सन्तान आई। इस पीढ़ी का चिराग जला और घर में न थाली बजी, न रोशन चौकी (शहनाई)। सन्नाटा ऐसा कि मनोज के पापा तक नदारद। अष्ट विनायक या गांधी चौक वाले हनुमान जी को माथा टेकने तक न जा पाईं।

बेकली बढ़ी तो पिछले खंड वाली पंजाबन को फोन लगाया—"अरे मिसेज तन्ना! ढोलकी है न आपके पास, जगराते वाली! पुष्पी को भेजती हूँ, भिजवाना जरा और शाम को आ जाओ सब। अब वहाँ हो या यहाँ, शगुन तो होने ही

होने।" मंजुला तन्ना भी तब तक उड़द की बड़ियाँ डालने के बाद फुर्सत में थीं। चहककर बोलीं...

"और क्या जी...यहाँ हो या अमेरिका में। बच्चा तो हमारा ठैरा।...मिश्रानी, हजेला और पिछली गली वादी चन्दा ठाकुर को भी कहला देना। घंटे वालों को लड्डुओं के पैकेट के लिए फोन कर दो। मनोज के पापा को जाने की जरूरत नहीं।"

"ठीक है—मातादीन की कचौड़ियाँ और रसगुल्ले भी मँगवाए लेती हूँ।"

सूबेदारनी पूरे हुलास से जुट गईं। पुष्पी की भतीजी को भी बुलवा भेजा। दीवान हटाकर दरियाँ बिछ गईं। बीस-पच्चीस औरतें तो हो ही जाएँगी। सूबेदारनी रखाऊ, गिलास, चम्मचें छाँटने लगीं। चाँदनी की तश्तरी में सौंफ-सुपारी। अभी इतना बहुत है। बड़ी दावत बाद में।

जैसे अट्ठाइस साल पहले की चरखी डोल गई हो। यही जब मनोज हुआ था। ठसाठस भरे आँगन में गोटा लगी पीली साड़ी में मनोज को लिये बैठी थीं वे। मक्खन के डले-सा चेहरा और कंचे-सी आँखें। माथे पर, अंगुल भर चौड़ा ऐसा काजल का टीका थोपा था अम्माजी ने कि लुगाइयाँ एक-दूसरी को कोहनी मार के हँसतीं। पूरे पखवारे मुहल्ला, ढोल-मजीरों और घुँघरुओं की छमाछम से गुलजार रहा था कि—

जब आईं इस 'लल्ले' की नानी
चौरस्ते पे गिरीं उतानी—तो लल्ला जिये रे...नानी का नाती जिये रे...दादी का पोता जिये रे...

कढ़ी-फुलौड़ी से लेकर मालपुए तक की दावतें। छठ को नाते-रिश्ते-गोत्र आए और नामकरण वाले दिन तो शामियाने तले आधी रात तक कतारें जीमती रहीं। 'मीरासिने' दादी, नानी से छेड़खानी कर-कर के बख्शीश वसूलती रहीं—एक तरफ—

लालन की दादी महलों की रानी...
दादा हैं जिलेदार रे दइया मोरे...

तो दूसरी तरफ—

लालन की नानी महफिल में नाचें
नाना हैं, तबलचीदार रे दइया मोरे...

और—

लालन की मौसी मक्की भुनावें—
मौसा है चौकीदार रे दइया मोरे...

मजमा उठा, अन्दर का भी, बाहर का भी। अतीत का भी। वर्तमान का भी। सूबेदारनी की देह थकान से पस्त थी लेकिन उछाल आसमान छू रहा था।

अचानक घड़ी पर निगाह गई। यही टाइम तो बताया था मनोज ने निरंजन को बुलवाने के लिए। बड़े टाइम से गाना-बजाना निपट गया।

निरंजन तो आ गया लेकिन स्काइप का कनेक्शन जुड़े ही नहीं। किसी तरह आधे घंटे बाद लगा। स्क्रीन पर साए उभरे। बेड पर लीना, पास खड़ा मनोज... शान्ति इतनी कि सुई गिरे तो आवाज आए। सूबेदारनी ने दिल खोलकर बलैया ली तो मनोज हल्के के झेंप कर, माँ को शान्त रहने का इशारा करता—मुस्कराया... लीना ने भी हाथ हिला दिया...लेकिन—लेकिन पोता? मनोज ने आहिस्ते से आती हुई नर्स की तरफ इशारा कर दिया। एक गोरी भभूकी नर्स, पूरी तरह ढँका तुपा पुलिन्दा लिये आई। हाथ, पैर, सिर, कान सब ढाँपे—छोटा-सा चेहरा मुँदी-मुँदी आँखें...सूबेदारनी की मोहाविष्ट बाँहें, अनजाने आगे बढ़ती गईं तो सूबेदार जी ने डपटा—"अहमक! कहाँ हाथ बढ़ाए जा रही है—जैसे बच्चा इसी डिब्बे में बन्द है, हजारों मील दूर है...फिर भी शुकर है, हम देख पा रहे हैं..."

सूबेदारनी के होश लौटे। हाथ पीछे खींचे। मंजुला तन्ना की बात याद कर सब्र किया—"कहने को हजारों मील दूर ठैरा...फिर भी है तो हमारा ही। कहते हैं न, हाथी, फिरे गाँव-गाँव—जिसका हाथी उसी का नाँव..."

"हाँ, तो तू तख्ती चिपकवा ले अपने माथे पे...(पोते के नाम की)..."

तब तक नर्स बच्चे को लेकर चली गई। सूबेदारनी को लगा जैसे पोता कम्प्यूटर की स्क्रीन हो, कैलेंडर की तस्वीर हो, विज्ञापन या सीरियल हो कि

समय खतम हो गया बच्चा गायब...रोकतीं भी कैसे—यहाँ होता भी...बेशक कहती रुको सिस्टर! जरा भर आँखों देख तो लेने दो...

बेटे-बहू से भी, बात करें तो क्या...बड़ी मुश्किल से दो-चार बातें कह, बोल पाई...जैसे यही कि ठंडा पानी मत पीना...बच्चे को सर्दी से बचाना...गरम तासीर वाली चीजें खाना...हर बार उनका वाक्य टूटने पर लीना मुस्करा कर यंत्रवत् सिर हिला दिया करती। फिर वही शान्ति। कहने को आरपार दीखता खुशहाल मंजर लेकिन सामने शीशे की ये दीवार न हुई, काला पहाड़ हो गईं कि सामने होकर भी आदमी बातों को तरस जाए। जैसे शब्दों का अकाल पड़ गया हो। कहाँ गए सारे शब्द...! कंठ तक ठुँसा है खजाना—लेकिन बाहर आने की राह ही नहीं मिल पा रहीं...हलकान थीं सूबेदारनी...लेकिन हार नहीं मान रही थी—

"अरे हाँ...तुम लोग आओगे कब...यहाँ अपने देश, हमारे सबके पास!..."

"अब, इस साल तो नहीं हो पाएगा माँ। अभी इतने छोटे बच्चे के लिए एकदम क्लाइमेट चेंज होना ठीक नहीं..." बेटा फिर माँ-बाप दोनों से मुखातिब था—"और बाद में गर्मियाँ आ जाएँगी इंडिया में...अगली ठंड में ही सोचा जा सकता है, देखते हैं...पर कोई बात नहीं स्काइप है न!..."

खाक स्काइप है...सूबेदारनी के अन्दरवाली सूबेदारनी जोर से चीखी, धोखेबाज, फरेबी...काँच के चौखाने में नन्हे बच्चे का 'भरम' बनाकर हमें छटपटाने वाला कुकर्मी—अगली ठंड तक यह वाला बच्चा कहाँ देखने को मिलेगा हमें।...सूबेदारनी की आँखें छलछला आईं...लेकिन स्काइप में यह सब थोड़ी दिखता है।

दरवाजे पर हल्की-सी आहट हुई।

"पापा—अभी डॉक्टर काउंसिलिंग के लिए आने वाले हैं...(कि बच्चे को कैसे पालना चाहिए...) स्काइप बन्द करना पड़ेगा। ठीक है मम्मी!..."

"हाँ-हाँ बस..." सूबेदार जी ने हामी भरी। निरंजन के पैसे चुकाए। स्क्रीन वापस स्याह पड़ गई।

सूबेदारनी ने नजर घुमाई, एक तरफ लुढ़की पड़ी ढोल-मंजीरे वाला कोना और ज्यादा सूना हो गया था।

हार कर उठीं। अपने दोनों का खाना लगाया। रसोई उठाई और बिस्तर पे

निढाल पड़ गईं। उत्तेजना और उदासी ने आँखों की नींद हर ली। बन्द, खुली आँखों से बस गोरी भभुक्क नर्स की हाथों में थमा, ढँका-तुपा पोता ही नजर आए। जबकि करने को बच्चे का भरम देता एक नरम गुदगुदा बंडल होता। किसी तरह अपने आप में उलझते-पुलझते अधियायी रात नींद लगी सो भी उचट-उचट कर...

अगले दिन उठते ही लगा, पोता कल ही हुआ और आज उत्सव खतम। वही घर और ज्यादा सूना महसूस हुआ। एक अकुलाहट सी व्यापी। बच्चे के पैदा होने के बाद जापे का घर जैसा लगता है, क्यों नहीं लग रहा। मिसेस तन्ना भी कहती हैं कि हमारे पंजाबियों में जब घर में ज्यादा अफरा-तफरी मचती है तो मजाक में कहते हैं—'व्यम' पड़ा है क्या! यानी जापा पड़ा है क्या...और यहाँ तो सच का जापा पड़ा है फिर भी ऐसा सन्नाटा...जी न माना तो सूबेदारनी जी से भी मन की बात कह बैठीं—

लेकिन वे भड़क गए—"तो क्या करूँ? डुगडुगी पिटवाऊँ कि तेरी तरह तख्ती चिपकाकर घूमूँ?...अरे जब आएँगे तब देखी जाएगी"...सूबेदारनी चिढ़ी—"आएँगे! क्या मतलब...हम जोर देकर बुलाएँगे तभी तो आएँगे।...हमें भी तो चाव, लाड़ दिखाना चाहिए।"...

"तो दिखा न तू...कौन मने करता है...।"

सूबेदारनी बेचारी मन मसोसकर चुप हो ली। ये आदमजात समझे हैं कभी।

अब संयोग की बात कि अगले ही हफ्ते सदर बाजार के अगरवालों के यहाँ भी पोता जनम गया। यहीं के यहीं, बाजार के चौराहे वाले अस्पताल में। जिसने सुना, अमेरिका में जन्मे सूबेदारनी के पोते को बड़ा शुभ-सगुनी बताया। अगाड़ी उसी ने तो दिखाई। पिछाड़ी में पोते पर पोता आया।

औरों की तरह, सूबेदारनी भी लड्डुओं का डिब्बा लिये अस्पताल पहुँची। अगरवालन ने अगवानी की और उनकी गोदी में बच्चा डाल दिया। खुशी के मारे सूबेदारनी की आँखों में आँसू आ गए। झपककर भरे बाँहों में समेट लिया। जैसे कोई बहुत दुर्लभ चीज हाथों में आ गई हो। अपने पोते के पैदा होने के बाद यह पहला तुरन्त पैदा हुआ बच्चा देख रही थीं वे। गदबदा, सलोना, मसूर के दानों-सी आँखें—एकदम गुलाबी हाथ, पैर, उँगलियाँ...और गोली सी ठुड्डी।

सूबेदारनी की गोदी में ही दो बार हँसा, दो बार होंठ बिदोर कर रोया सपने में।

अस्पताल में, मुबारकों का ताँता लगा था। एक-एक, दो-दो के झुंड में लोग आते। पोते के जनम की बधाई देते और अगरवालन के बढ़ाए पिस्ते, बादाम वाले लड्डुओं के डिब्बे से एक लड्डू उठाते हुए निकल जाते। कोई-कोई पाँच दस मिनट बैठते भी। तब तक कुछ और आ जाते।

अगरवालन को कहाँ फुर्सत। एक के दस काम। कभी बच्चे को नहलाने ले जाती नर्स को पाउडर का डिब्बा थमाती, कभी सामने खड़े बॉर्ड बॉय को बख्शीश...कभी बाजार जाता बेटा घी, मेवे-मसालों की लिस्ट माँगता खड़ा है, कभी मोबाइल फोन पर अग्रवाल साहब पूछ रहे हैं कि उनकी चेक बुक कहाँ रखी है...

दो-चार लोगों ने सेबूदारनी को भी बधाई दी—"आपके भी पोता हुआ है न! अच्छा-अच्छा, वहाँ अमेरिका में।"

घर में पहले ही जैसे तमाम सारे काम थे, लेकिन सूबेदारनी को एकदम फालतू-सा महसूस होता। जैसे समय लुगरी, लत्ते सा यहाँ-वहाँ फैल गया हो, बेतरतीब, बेमसरफ। करने को कुछ हो ही ना। मन ज्यादा उचटा तो सोचा क्यों न अग्रवालन के घर हो आएँ। उनके इधर काम ज्यादा होंगे, मदद भी हो जाएगी।

अग्रवालन मगन मन बच्चे की मालिश कर रही थीं। हाथ, पाँव, उँगलियाँ हाथों में ले लेकर, बड़े यत्न से सँभाल-सँभालकर चूम, चूमकर...फिर माथे के बीच तेल चुपड़ा और कपड़े से लपेट बहू को पकड़ा दिया।

पूछने पर बताया, मालिश वाली रखी है पर मन नहीं मानता, इसलिए खुद ही मालिश करती हैं। नहलाती भी खुद ही हैं। सूबेदारनी ने भी देखा—

नए गुलाबी टब के गुनगुने पानी में अगरवालन के हाथों में थमा बच्चा... पानी की पतली धार पर कभी आँखें मिचमिचाता, कभी अपने में ही दुबकने की कोशिश करता...एकाध बार कूँ-कूँ रोया भी, तब अगरवालन और उनकी बहू निहाल हो चूम लेतीं...सम्मोहित देखती रही थी सूबेदारनी...

अगले हफ्ते बड़ी दावत का बुलावा भी आ गया। कहीं दूर जाना नहीं था। कॉलोनी के बीच वाले पार्क में ही कनातें लग गईं। बाउंड्री पर बिजली की झालरें।

रंग-बिरंगे स्टालों पर कोफ्ते, नॉन और छोले-पूरियों के साथ आइसक्रीम...लोग बोलते-बतियाते प्लेटें भर-भर कर खा रहे थे...अगरवाल साहब और अगरवालन घूम-घूमकर लोगों की अगवानी और शुक्रिया अदा कर रहे थे। सूबेदार, सूबेदारनी से भी कई बार पूछ गए। चारों तरफ हँसी, दिल्लगी से भरपूर मुबारकों की धूम थी। खुशियाँ बिछी पड़ रही थीं।

घर लौटते-लौटते सूबेदारनी ने मन में ठान लिया कि वे भी जलसा करेंगी। खुशी तो खुशी। बल्कि अमेरिका में जनमने की तो और ज्यादा खुशी। आज भी कितने लोगों ने पार्क में पूछा होगा—आपके भी पोता हुआ न! तो वे ऐसी दावत देंगी कि लोगबाग याद करेंगे...जान लेंगे कि ऐसी दावत तो वोई दे सकता है, जिसका पोता अमेरिका में पैदा हुआ हो।

सूबेदार जी ने कितना समझाया, लेकिन सूबेदारनी कुछ सुनने को तैयार नहीं। मन में बस एक ही धुन कि नहला-धुला नहीं सकतीं, पुचकार-दुलार नहीं सकतीं तो क्या—दावत तो दे सकती हैं। अड़ गईं कि वैसे ही कैटरर, डेकोरेटर बुलवाएँगी—वैसी ही रोशनी और साज-सजावट; कोई कोर-कसर नहीं उठा रखेंगी, बल्कि चार, छह, दस हजार ज्यादा लगें तो लगें।

नहीं, सूबेदार जी को कोई जहमत नहीं उठानी पड़ेगी। वे खुद फोन मिलाए लेती हैं, कैटरर डेकोरेटर को, डायरी से नम्बर निकाल कर। सारा इन्तजाम अभी के अभी तय हुआ जाता है।

कैटरर अवाक् था। इतना दिल खोलकर खर्च करने वाले क्लाएंट मुश्किल से मिलते हैं कि—जलजीरे से कोक, फैंटा, ठंडाई तक और पनीर टिक्के से शुरू होकर, हरे-भरे कबाब और नौरतन कोरमे सहित—गाजर हलवा, काला जामुन...और तिरंगी आइसक्रीम भी—यानी कुछ छूटने न पाए। लिस्ट पूरी हुई तो कैटरर ने 'थैंक्स मैडम' कहकर फोन पर इस अन्दाज में आदाब बजाया जैसे वे सूबेदारनी नहीं, किसी अमेरिकन एस्टेट की ओनर हों।

डेकोरेटर भी खुशी से दंग रह गया। आनन-फानन अपने कस्टमर के पंखों की उड़ान का अन्दाज हो गया उसे। शुरुआती वाक्यों में ही, सूबेदारनी ने आदत के मुताबिक उसे बतला दिया था कि उसका बेटा अमेरिका में रहता है, और पोता भी अमेरिका में ही पैदा हुआ है। अगरवालों से कहीं ज्यादा हैसियत है

उसकी। इसलिए सयाना और समझदार डेकोरेटर उन्हें सुझाता चलता—"वैसे अगरवालों ने तो किफायत की वजह से चार ही पेड़ों पर रोशनी करवाई...आप चाहें तो..." और सूबेदारनी ने बाकी तीनों पेड़ों की भी रजामन्दी दे दी। मंगल कलश, ताजे फूलों के गुच्छे...सूबेदारनी फौरन मान गईं। कहीं किसी आइटम में कटौती, पैसे की पूछताछ ही नहीं...इशारा बस एक, सब कुछ अगरवालों से सवाया, ड्यौढ़ा ही हो...

अब तक डेकोरेटर खुद भी, अपनी सजावटी कल्पना में सूबेदारनी के साथ हो लिया था—जैसे सूबेदारनी के नहीं उसे पोता जन्मा हो। सारा डेकोरेशन 'एक्सेलेंट' और 'ए-वन' करने के उत्साह में वह सूबेदारनी को 'क्लाइमेक्स' पर लाते हुए बोला—"और जी, ये भी बता दूँ कि मैं आपको अपनी तरफ से एक खुशनुमा 'सरप्राइज' भी देने वाला हूँ—जो मैंने आज तक किसी क्लाएंट को नहीं दी—एक नया आइटम इंट्रोड्यूज करूँगा आपकी दावत के डेकोरेशन से... वो ये कि मैं ताजे गुलाब की कलियों और मोगरे की लड़ियों का स्पेशल आर्डर देने वाला हूँ। जानती हैं क्यों? आपके पोते के पालने के लिए—ऐसा लगेगा जैसे बच्चा फूलों के पालने में झूल रहा है...ऊपर की कड़ियों से सुनहरी जरी की झालरें लटकी होंगी और बीच-बीच में...मोगरे गुलाब की लड़ियाँ—अगरवालों के यहाँ तो उनकी किफायतमन्दी की वजह से..."

एकाएक बगल से आती सूबेदारनी की आवाज बन्द हो गई तो टी.वी. देखते सूबेदार जी पलटे। दर्द से सराबोर सूबेदारनी का चेहरा सफेद फक पड़ता जा रहा था जैसे अन्दर तेज घुमड़न मची हो और वे चीख पड़ना चाहती हों...लेकिन चीख पाने भर की शक्ति भी शेष न हो...

सूबेदार जी की तरफ नजर उठते ही अचानक वे हुमस कर रो पड़ीं।

"चुप-चुप, भागमानी।" सूबेदार जी उन्हें बच्चों की तरह चुपाने की कोशिश करने लगे—"तुझे मेरी कसम। ये भी कोई बात हुई रोने की!...अगल-बगल वाले सुनेंगे तो क्या कहेंगे...जरा सोच, लोग हमें कितना नसीब वाला समझते हैं।...हम हैं भी। इधर देख, नजर घुमा, अपने घर की तरफ, ऐसी घड़ी, ऐसा फूलदान, सूटकेस, बैग, चाकू—है किसी के पास? नहीं है न!...अरे अमेरिका में हुए पोते की सुनकर ही लोग कितनी हौंस भर रहे हैं...भरने की बात ही हुई;

हमारा मनोज अभी अमेरिका का सिटिजेन नहीं हुआ...बरसों-बरस लग जाएँगे... लेकिन पोता—जनमते ही अमेरिकन..."

सूबेदारनी की आँखों के आँसू, चौंककर जहाँ के तहाँ रुक गए—"अमेरिकन? क्या मतलब? वो इंडियन नहीं कहा जाएगा?"

"कैसे कहा जाएगा।...जैसे तू जानती नहीं...अमेरिका में पैदा हुआ बच्चा अमेरिका का नागरिक, अमेरिकन होगा न!"

"हमारे जीते जी? हमारा पोता अमेरिकन?"

"ले, तुझे इतना भी नहीं मालूम!"

"और मनोज?"

"अभी तक तो इंडियन है...जब तक अमेरिकन सिटजेन-शिप नहीं मिल जाती।...फिर कुछ सालों में वह भी शायद..."

अचानक जाने क्या हुआ कि सूबेदार जी खुद पर काबू खो बैठे।...

सूबेदारनी अब रोना भूल, सूखी आँखों बदहवास उन्हें चुमकारे जा रही थी।

बादशाह

उसने बाजी मार ली थी।

क्योंकि वह हवाई जहाज से पहुँचा था।...

आसपास के शहरों और कस्बों से अवश्य कई रिश्तेदार ट्रेनों से, बसों से या एकाध अपनी गाड़ी से भी आ चुके थे।

ट्रेनों से आने वाले, भारी, दबे गले से बता रहे थे कि किस तरह बिना आरक्षण के भीड़ भरे डिब्बों में ठुँसकर पहुँच पाए थे...क्योंकि पहुँचना तो था ही।

दूसरों ने बताया कि खबर मिलते ही, बस के इन्तजार में समय न गँवाकर शेयर्ड टैक्सी लेकर आना उन्होंने ज्यादा ठीक समझा।

लेकिन उसे कुछ भी कहने या बताने की जरूरत नहीं थी।...वह, काफी दूर होने के बावजूद हवाई जहाज से पहुँच गया था और पहुँचने के साथ ही, पूरी मुस्तैदी से अन्तिम-संस्कार की तैयारियों में शामिल हो गया था।

दिवंगत बुजुर्ग निःसन्तान थे।...और करीब-करीब सारे रिश्तेदार दूर-दराज के ही थे।

कौन कितने आगे बढ़े, कितनी छूट ले, इसका पसोपेश भी।

लोग, अकेली बची गृहस्वामिनी से संवेदना प्रकट करते और भीड़ में शामिल हो जाते।

अचानक उसने आसपास खड़े लोगों के बीच अपनी निश्चयात्मक आवाज

में बताते हुए घोषणा-सी कर दी कि 'दाग' (मुखाग्नि) वही देगा।

लोग अकबका कर उसकी ओर देखने लगे। सन्नाटे के बीच चलती खदबदाहटें एक-ब-एक रुक सी गईं।

यह तो कोई इतना करीबी भी न था। किसी से सलाह-मशविरा तक नहीं।

खुद ही अपने आपको चुन लिया।

शोक-संवेदना में शामिल सभी लोग चौंककर एकबारगी पिछली कतार में आ गए थे।

हर तरफ उधेड़बुनों का एक महीन-सा जाल उलझा पड़ा था।...ना मलूम से कयासों की चुप्पियों के बीच जबरदस्ती की घुसपैठ जारी थी। ऊपर-ऊपर सन्नाटे की भव्य कनातें तनी हुई थीं।

अन्तिम-यात्रा की तैयारी पूरी हुई।

उसने आगे बढ़कर अपने मजबूत कन्धे अर्थी में लगाए जैसे किसी बड़े जुलूस का नेतृत्व सँभाला हो।

'हरिबोल' में सबसे ऊँची आवाज उसी की थी।—

आने वालों का ताँता लगा रहा।...

कुछ अकेले, कुछ परिवारों के साथ। निकटस्थ और दूरदराज के रिश्तेदार पहुँचते रहे। गृहस्वामिनी से संवेदना प्रगट करने के बाद लोगों का आपस में पहला सांकेतिक प्रश्न यही होता कि 'दाग' किसने दिया?—और सुनने वाला उसी सांकेतिक भाव में 'उसकी' ओर इशारा कर देता। लोग चौंककर देखते और चुप हो लेते। ज्यादातर लोग तो आने के साथ ही बड़े हॉल के एक कोने में, सबसे अलग हटकर बिछी दरी पर उसे घुटे सिर, बैठा देखकर ही समझ जाते।

कमर में दोगजी मारकीन की लुंगी पहने, कोरे मारकीन का ही दूसरा टुकड़ा दरवेशों की तरह अपने सिर पर बाँधे अपनी लम्बी तगड़ी काया के साथ वह, शेष लोगों के लिए निषिद्ध, अपने क्षेत्र में चलता-फिरता रहता और दूर से अपनी जरूरत की चीजें माँग लिया करता।

बैठा हुआ भी, वह सबकी निगाहों में रहता।

पंडित आते तो उसकी पुकार मचती।

कि वह चले और घंट बाँधे।

वह चले और पिंडदान करे।

स्नान कर, गीले वस्त्रों में, उँगलियाँ में कुश बाँधे, मृतात्मा को तिलांजलि दे।

उसका खाना सबसे पहले निकाल दिया जाता।

खाने से पहले वह दिए गए निर्देश के अनुसार पहला ग्रास मृतात्मा के लिए निकालता।

चार पाँच सुलगे कोयलों पर गुग्गुल, धूप जलाता।

मृतात्मा के साथ अब उसका सबसे नजदीकी रिश्ता बन चुका था।

कर्मकांडों के जानकार स्त्री-पुरुषों ने ही यह सारी जिम्मेदारी सँभाली हुई थी...वरना पति की मृत्यु के बाद अकेली बची गृहस्वामिनी को शेष संसार और कर्मकांडों में कोई भी रुचि नहीं रह गई थी।

सब तरफ से उदासीन थीं वे। सिर्फ लोगों का मन रखने के लिए, सूनी आँखों, हर किसी की शोक-संवेदनाएँ स्वीकार लेतीं; सबके पास थोड़ा-बहुत बैठ लेतीं, फिर जाने कब धीरे से उठकर अपने दिवंगत पति के कमरे में चली जातीं।

लोग अकेले से पड़ जाते। चूँकि वे कुछ न बोलतीं, ज्यादातर चुप ही बनी रहतीं, इसलिए संवेदना प्रकट करने आए मेहमानों की समझ में नहीं आता कि वे क्या और किससे कहें। जाहिर है, ज्यादातर लोग भी चुप ही बने रहते या फिर बहुत धीमी आवाजों में एक-दूसरे से अपना मंतव्य प्रकट कर देते।

पूरी स्पष्ट आवाज में सिर्फ वही बोलता। अपनी दरी पर बैठे-बैठे ही, किसी लड़के को बुला लेता और गृहस्वामिनी से, परिवार की एलबम माँग लाने के लिए भेज देता। चूँकि लड़का भी यहाँ-वहाँ बैठे-बैठे उकता चुका होता, इसलिए लपककर जाता और एलबम लाकर उसे थमा देता।

लोगों की निगाहें उसकी ओर उठ जातीं। वह एलबम से दिवंगत बुजुर्ग का एक चित्र निकाल कर, पास बैठे किसी दूसरे लड़के से 'उनकी' स्वीकृति के लिए भेज देता। फिर शहर के अच्छे स्टूडियो का पता किसी स्थानीय व्यक्ति से पूछकर उसे ही चित्र को एनलार्ज करा लाने की जिम्मेदारी भी सौंप देता।

अगली सुबह उस व्यक्ति का संकोच आड़े आता तो वह खुद रसीद सहित गृहस्वामिनी के पास पहुँच जाता जो आशय भाँपते ही, तुरन्त ड्रॉअर से पैसे

निकालकर चुपचाप थमा देतीं।...पैसे देते समय उनके चेहरे पर एक अवसाद भरी, अनकही, कृतज्ञता होती।

चित्र को स्टील के चमचमाते फ्रेम में जड़वाने तथा नीचे जन्म और मृत्यु की तारीखें लिखवाने के निर्देश भी उसने जाने वाले व्यक्ति को दे दिए थे।

दूसरे दिन ही चित्र मिल गया। लाने वाला व्यक्ति, एकाध लोगों से पूछकर सगर्व, उसे सामने दीवाल पर टाँगने की कोशिश करने लगा...जब उसका ध्यान गया तो अपनी दरी पर बैठे-बैठे ही उसने सुझाव दिया कि चित्र दीवाल पर टाँगने के बजाय, नीचे चौकी पर रखा जाए तो ज्यादा ठीक लगेगा। हॉल में बैठे, अधलेटे, प्राय: सभी लोगों को उसका सुझाव ठीक लगा और चित्र उसके निर्देशानुसार चौकी पर रख दिया गया।

सुबह, घाट से स्नान कर लौटते हुए उसने एक गेंदे के फूलों की माला खरीदी और चुपचाप लाकर चित्र को पहना दी।

गृहस्वामिनी ने जाने कब देख लिया और अगली सुबह खुद उसे चुपचाप माला के लिए पैसे थमा दिए।

अब हर दिन सुबह एक माला आने लगी।

माला डाल दी जाती तो वह स्वयं उठकर चित्र के बीचोंबीच चार-पाँच अगरबत्तियाँ जला देता।

देखादेखी एकाध अन्य लोग भी चित्र के सामने चौकी पर फूल रख देते। बाकी सारे समय लोग वैसे ही चुप बने रहते। अथवा उसे घुटे सिर चलते-फिरते, खाने से पहले पहला ग्रास निकालते, या अगियारी करते देखा करते। घर में चलने वाली व्यस्तताएँ भी अजीब मनहूसियत से भरी होतीं। ऐसी ही घनघोर चुप्पी के दौरान एक शाम, उसने पास बैठे लोगों के बीच एक प्रस्ताव रखा—

"अच्छा होता हम लोग चुपचाप बैठे रहने के बदले थोड़ा भजन-कीर्तन करते।"

सुनते ही जैसे यहाँ-वहाँ पसरे लोगों में प्राण-शक्ति का संचार सा हुआ। सभी लोग चौकी के पास सिमट आए। गृहस्वामिनी तक भी खबर भेज दी गई। वे आईं। एक नजर उस पर डाली और कोने में बैठ गईं।

भजन करने वालों में कइयों की आवाज सचमुच बड़ी अच्छी थी। लोगों

के बीच उनकी आवाज पहचानी, सराही गई, यह उन लोगों ने साफ-साफ महसूस किया। नीरवता के बीच भी आत्मतुष्टि की एक पतली धारा-सी बही। अलग-अलग लोगों के अलग-अलग तृप्ति बिन्दु। कुछ की प्रतिभा प्रकाश में आई तो कुछ का समय कटा, बोरियत दूर हुई। गृहस्वामिनी के शोक को एक सम्मान मिला।

अगली शाम भी हर किसी के अन्दर वही इच्छा जागी। अन्दर कुलबुलाहट मची, लेकिन कहे कौन। बोल कोई नहीं रहा था सिर्फ लोग एक-दूसरे को अन्दाज रहे थे। तब तक उसने हाँक लगा दी।

लोग तो इन्तजार कर ही रहे थे। एकाध ने तो चुपचाप गुनगुना कर अभ्यास भी कर लिया था। मिनटों में इकट्ठे हो गए।—काफी देर तक भजन-कीर्तन चलता रहा। किसी-किसी ने कहने पर अकेले भी भक्ति-गीत गाए।

उदासी, तन्मयता में बदल गई।

सन्नाटा, शान्ति में।

वह जैसे एक सहारा-सा बन गया, जरूरत भी।

लोग अगले दिन के शान्ति-पाठ को लेकर राय-मशविरा करने लगे। वह जिससे भी सलाह लेता, वह व्यक्ति गौरवान्वित महसूस करता। दूसरों की नजर में भी। माला-फूल, हवन-सामग्री, प्रसाद आदि की जिम्मेदारी अलग-अलग लोगों को सौंप दी गई। यह भी तय हुआ कि हवन के बाद भी इच्छुक लोग बैठकर भजन-कीर्तन कर, सुन सकते हैं।

शान्ति-पाठ वाले दिन सुबह ही पहले सनातनी क्रियाएँ सम्पन्न हुईं। उसने नहा-धोकर कोरी लुंगी और मारकीनी शिरस्त्राण उतारकर नया कुर्ता, पायजामा पहना और मृतात्मा की शान्ति से जुड़े सारे कर्मकांड पंडितों के निर्देशानुसार पूरे किए।

हवन के समय भी, बाकी लोग बारी-बारी से उठते-बैठते रहे, लेकिन वह प्रशस्त माथे पर लम्बा तिलक लगाए, हाथों में कलावा बाँधे, धुएँ से हलकोरती आँखों के बीच लगातार बुझी लकड़ियाँ खिसकाता, आचमनी से घी और समिधा डालता रहा।

शोक को भी, भव्यता तो चाहिए ही। आखिर में कीर्तन और रामधुन हुई।

भजन उसने बड़े आदर से, लेगों से अनुरोध कर-कर के सुनवाए। बल्कि पीछे बैठने वाले बड़ी आतुरता से उसके द्वारा अपना नाम पुकारे जाने की प्रतीक्षा-सी करते रहे। एक तरह से सर्वाधिक सार्थक उपस्थिति उसी की थी। वह दायित्व का बखूबी निर्वाह भी कर रहा था।

लोगों में उसके प्रति भय, आदर-प्रशंसा और डाह के अंडर-करंट एक साथ तरंगित थे। समूचे माहौल का नेतृत्व आप से आप उसके हाथों में आ गया था। शोक-समारोह का नायक था वह।

रिश्ते में उतने ही निकटस्थ लोगों की आँख की किरकिरी भी।

चौथे दिन शान्तिपाठ के बाद ज्यादातर लोगों को आगे-पीछे जाना था। नए-पुराने परिचित एक-दूसरे से सम्बन्धित जानकारियाँ ले रहे थे। अते-पते भी बदल रहे थे। एक-दूसरे के जाने का समय और गाड़ियाँ भी...कइयों ने उससे भी पूछा और उन्हें यह जानकर घोर आश्चर्य हुआ कि वह तो तेरहवीं तक रुक रहा है।

उसने फिर सबको पछाड़ दिया था।...पर इस बार दूसरों का भी पलड़ा भारी था, या कह लें, उनके पलड़े में भी काफी वजन था। वे लोग आपस में संवादों के आदान-प्रदान कर रहे थे कि कौन कितने जरूरी काम, व्यस्तताएँ छोड़कर आया है। इसमें सरकारी इंस्पेक्शन, मीटिंग, ऑडिट, स्ट्राइक, बच्चों के इम्तहान और पत्नियों के होने वाले ऑपरेशन तक शामिल थे। ऊपर से कैजुअल, मेडिकल, प्रिवलेज-लीवों की जानलेवा परेशानियाँ...!

"लेकिन यह—यह कैसे रुक रहा है!"...

ऊपरी तौर पर हर कोई जाहिर यही कर रहा था कि उसके रुकने या जाने को लेकर न किसी की रुचि है न वास्ता ही, बस महज पूछने की खातिर एक-दूसरे से यों ही पूछ ले रहे हैं कि आखिर यह तेरह दिनों तक कैसे रुक पा रहा है—

जिज्ञासा और औत्सुक्य की बिना पर अटकलें लगाने वालों में से किसी ने मद्धम स्वरों में दूसरे कानों में फुसफुसा दिया कि सुनने में तो यही आता है कि शायद 'यह' सस्पेंड...और आधे वाक्य के बीच ही होंठ काट लिए। लेकिन श्रोता ने कहने वाले की फुसफुसाहट को अपराधबोध से मुक्त करते हुए कहा—"अच्छा!...पर मुझसे तो कोई कह रहा था कि चार्ज शीटेड क्या, पूरी तरह एक्सपेल्ड ही समझिए..."

तीसरे-चौथे कानों में भी, अब असलियत क्या है, इसे ईश्वर भरोसे छोड़कर इसी अनुमान पर विश्वास किया जा रहा था कि कुछ ढंग का काम-धाम शायद है नहीं इसके पास और नौकरी तो छूटी हुई है ही कई महीनों से। मतलब बेरोजगार ही...

"ओ—तभी"...कई लोगों के मुँह से एक जोरदार 'च्च' निकली लेकिन कोशिश करने पर भी उनके कुतूहल की सतह पर कोई अवसाद नहीं व्यापा।

जिज्ञासाओं का दौर चालू था—

"लेकिन सुनते हैं हवाई जहाज से आया था..."

"वो तो इसलिए, क्योंकि थोड़ी फितूरी किस्म की तबीयत पाई है। देखने से लगता नहीं?"

"लेकिन हवाई जहाज फितूरी मिजाज वालों को मुफ्त में थोड़ी ढोते हैं; टिकट तो लगा ही होगा। और दो-चार सौ नहीं पूरे चार-पाँच हजार, एक तरफ से..."

"चालू टाइप भी तो है। दिखता नहीं?"—

"इतना तो नहीं ही कि प्लेन में बिना टिकट सफर कर ले..."

"पहुँच वाले लोगों के साथ उठना-बैठना, मेलजोल बनाए रखता है—ज्यादा टूरिंग वालों को काम्प्लीमेंटरी टिकट भी मिलता है। दौड़-भाग कर, जरूरत बताकर इस तरह का कोई जुगाड़ बैठा लिया होगा..."

"इतना जुगाड़ वाला होता तो लगी-लगाई नौकरी कैसे छूट सकती थी..."

"नौकरी भी ऐसों-ऐसों की ही छूटती है जो दिखते हैं कि नौकरी को वे जूते की नोंक पर रखते हैं।"...

"हम समझते थे इनके सगे देवर का लड़का है।"

"सगा तो इनके कोई है ही नहीं।"...

"तभी तो..."

"यह सगा बनने चला आया।"

"चलिए साहब, जो भी हो, रोल अपना ठीक-ठीक ही अदा किया..."

"बेशक—सबसे बढ़कर तेरहवीं तक रुकना ही..."

"उसका तो खैर अब खुलासा हो गया।...कि इसके पास टाइम ही टाइम है।

और कुछ भी नहीं तो तेरह दिनों तक मुफ्त खाना, नाश्ता और बोर्डिंग-लॉजिंग ही..."

"मुझे तो इसके आगे के दूसरे फायदों तक भी इसकी दूरन्दाजी नजर आती है। नि:सन्तान विधवा की यही सब तो लाचारी..."

"नहीं, इसे लेकर तो ये पति-पत्नी काफी पहले से होशियार रहे।...सारी सम्पत्ति शहर के विधवाश्रमों और सुधार गृहों के नाम हो जाएगी...पत्नी की मृत्यु के बाद..."

"वैसे भी, लगता नहीं कि नीयत का खराब है।"

"नीयत नहीं, किस्मत का खराब है। सुना है, नौकरी छूटने की खबर पर सगाई भी टूट गई इसकी..."

"अच्छा! अभी तक शादी-ब्याह नहीं हआ है?—दिखता तो पोढ़ा है।"

"अरे भई—लोग लड़की देने से पहले जाँचते-परखते भी तो हैं..."

"अब यही देख लो, छूटी हुई नौकरी के लिए दौड़भाग करने की जगह हवाई-जहाज से मातमपुरसी के लिए भागे चले आ रहे हैं। झकपना ही हुआन!"...

"वही तो—चाहे लड़की का बाप हो, चाहे अफसर या मालिक, सिरफिरों और झक्कियों से सभी कतराते हैं।"

"सीधी-सी बात है जब नौकरी छूटी हुई है तो बची हुई जमापूँजी सहेजनी चाहिए कि जब तक दूसरी न लग जाए, मुँहताजी की नौबत न आने पाए लेकिन यहाँ तो साहब हवाई जहाज से चले आ रहे हैं बेगाने मातम में अपनापा दिखाने के लिए..."

"और तो और सिर भी घुटा लिया, दाग देने के बाद।"

"सौ औलादों से बढ़कर यही हो गया..."

"जबकि खुद की औलाद भी कहाँ घुटा पाती है सिर...आजकल। ऊँचे ओहदों वाले सरकिल में तो खिल्ली ही उड़ जाए।"

"असल में इसे कौन सा दफ्तर-कचहरी करनी है कि चार लोगों के बीच झिझक और संकोच से गुजरना पड़ेगा।"

"कैसी शान से घुटे सिर घूमता है...जैसे परमवीर चक्र पाया हो।..."

"छोड़ो, दया का पात्र है—पुअर ही—बेचारा..."

कहने के साथ ही कइयों ने उसके प्रति दया, सहानुभूति महसूसने की कोशिश की, लेकिन इसकी कोई गुंजाइश बन पाती, इससे पहले ही—

तेज-तेज चलता वह हलवाई को साथ लिये आया और पास खड़े लोगों को बुलाकर तेरहवीं के खाने के बारे में सलाह-मशविरा लेने लगा।

लोग फिर पास आ बैठे। उसने गृहस्वामिनी को भी बुलवा भेजा, जिससे सब कुछ उनकी जानकारी और स्वीकृति से हो।

यह स्पष्ट करते हुए कि स्वयं उसे ऐसे किसी बड़े आयोजन का बिलकुल अनुभव नहीं है, वह मालकिन और उपस्थित लोगों की मदद से हलवाई को सामानों की सूची लिखवाता गया। लिस्ट पूरी हो गई तो हलवाई उसे सलाम कर के उठ गया।

लोग फिर मात खा गए थे।

नायक से महानायक होने की दिशा में अनवरोध अग्रसर था वह!...

अगले तीन-चार दिन वह अगल-बगल के पड़ोसियों से मिला और भोज के लिए स्थान, पत्तल, पुरवे, दरी, टाट-पट्टी आदि की व्यवस्था को लेकर पूछताछ करता रहा। उसका घुटा सिर देखते ही लोग स्वयमेव सहयोग के लिए प्रस्तुत हो जाते। गृहस्वामिनी की इच्छा वाली बात तो उन्हें बाद में पता चलती। आयोजन के प्रति उसकी संलग्नता, पड़ोसियों के मन में उसके प्रति अतिरिक्त आदरभाव पैदा कर रही थी। वो तो अब तक यही समझे बैठे थे कि नि:सन्तान दम्पति का कोई है ही नहीं।...

जैसे-जैसे तेरहवीं का दिन पास आ रहा था, गहमागहमी और ज्यादा बढ़ती जा रही थी। पड़ोसियों ने इस आयोजन को अपना आयोजन मान लिया था। छोटे-बड़े हर उम्र के लोग सारी व्यवस्था में भरपूर सहयोग दे रहे थे। घर में पड़ोसियों के आने-जाने का ताँता-सा लगा रहता। हर व्यक्ति उसी को ढूँढ़ता, उसी से पूछता, उसी के निर्देशों की प्रतीक्षा करता। कुर्सियों, बेंचों की गिनती से लेकर वनस्पति के टिनों और शक्कर, आटे की बोरियों तक के सारे हिसाब उसे ही पकड़ाए जाते।

पहले के आए मेहमानों में अधिकांश जा चुके थे। तेरहवीं में शामिल होने वाले कुछ नए आते भी जा रहे थे।

नयों के अन्दर भी उसे लेकर कुछ-कुछ उसी तरह की जिज्ञासा और कुतूहल था, जैसा पुरानों के मन में।

यूँ, अधिकांश आने वाले लोग, जाने वालों से उसका बायोडेटा हासिल कर चुके थे और तदनुसार अन्दर-अन्दर उसके प्रति पक्की धारणा भी बना चुके थे, किन्तु इस सबके बावजूद खुद को उसके नेतृत्व से परिचालित होने से रोक नहीं पा रहे थे। पुरानों की तरह ही, वे भी लाचार थे, उसके इत्मीनान भरे शोकाचारों के सामने 'सरेंडर' करने के लिए। उसके नेतृत्व की प्रामाणिकता जग-जाहिर हो चुकी थी। धुरी था वह समूचे आयोजन की।

तभी शोक-सन्देश के रूप में आए पत्रों के बीच उसके नाम का एक खत आया। लोग अचम्भित। उसने खोलकर देखा। थोड़ी देर माथे पर उभर आई सिलवटों को उँगलियों से सहलाता रहा...फिर एकदम से झटकार कर उठा और इन्तजार में खड़े हलवाई से हिसाब मिलाने चल दिया।

लोग मन में मुस्कराए कि स्वाँग तो ऐसा भर रहा है जैसे किसी कम्पनी का 'एम.डी.' हो और कम्पनी बन्द होने की खबर के साथ एस.ओ.एस. की गुहार मची हो। हुँह, सभी को मालूम है कि उसके पास कोई जरूरी सूचना या सर्कुलर आने की दूर-दूर तक गुंजाइश ही नहीं! गैर जरूरी को जरूरी बनाकर पेश करना ऐसे लोगों की लाचारी होती है। बेचारा!...

ब्रह्म-भोज बड़ी शान्ति एवं भव्यता से सम्पन्न हुआ। मेहमानों और पड़ोसियों का पूरा सहयोग रहा।

दूसरे दिन उसने किराए पर आए हंडे-परात, टाट, कुर्सियों वापस भिजवाईं। आए-गए सामानों की गिनती मिलाकर पैसे चुकता कराए और हिसाब सही किया।

साफ-सफाई तक शाम हो गई और वह थककर जल्दी ही सोने चला गया।

अगली सुबह नीम-अँधेरे उठा। मुँह धोया, अटैची उठाई और गृहस्वामिनी के सामने जाकर खड़ा हो गया।

उनके हाथों में वही पत्र था और वे अपार पछतावे से भरी थीं—

"तुम्हारा यह बहुत जरूरी पत्र इन शोक-सन्देशों के बीच दबा रह गया...

मेरी नजर ही नहीं गई। किसी इन्टरव्यू के लिए बुलाया गया था तुम्हें—दो ही दिनों पहले; तुम्हारे दोस्त ने सूचना भेजी थी। पता चला होता तो..."

उनकी आवाज रुँध सी रही थी...लेकिन वह निर्विकार था। बल्कि आँखों में एक अनूठी चमक के साथ कह रहा था—"आप इतनी परेशान क्यों हो रही हैं!...अब मुझे पता चल गया था—मैंने वह पत्र देखा था। देखकर ही उन पत्रों के बीच भूल गया था।"...

"अरे..." उन्हें अपने कानों पर विश्वास नहीं हो रहा था—"फिर?"

"फिर? मेरा मन नहीं किया, मैं नहीं गया, बस।...अब, जा रहा हूँ।..." और वह आत्मतृप्तभाव से उन्हें नमस्कार कर सीढ़ियाँ उतर गया!...

प्यार के रिन्यूड लाइसेंस...

हिन्दुस्तान की तंगहाली, हिन्दुस्तान की बेरोजगारी, अशिक्षा, दारिद्र्य और तबाहियों के किस्से सुनते-सुनते जिनके कान पक गए हैं, उन पर तरस खाकर हम आज हिन्दुस्तान की चन्द खुशहाल जिन्दगियों की 'इक कथा सुनाऽते हैंऽऽ...' (तर्ज, 'भारत की इक सन्नारी की हम कथा सुनाते हैंऽऽ...फिल्म 'रामराज्य') कि कम से कम इस देश की लगातार गिरती सेहत और बिगड़ते हालात पर मर्सिया पढ़ने वालों को प्लेजेंट सरप्राज कर एक तोहफा प्रदान कर सकें। तो पेश है विकास के पथ पर अग्रसर भारत, दैट इज इंडिया की एक खुशहाल तसवीर बनाम हकीकत...

किस्सा बयान होता है, शहर के एक फाइव-स्टार गगनचुम्बी इमारत के एक चार स्टारों वालों फ्लैट का।

फाइव स्टान का मतलब तो आप समझ ही गए होंगे। इसका मतलब होता है, वे फ्लैट या वह फ्लैट, जिसमें पाँच सितारा होटलों वाली, ऐश-आराम की सभी सुविधाएँ उपलब्ध हों। जैसे फ्लैट के बाहर, किसी देशी-विदेशी मॉडल की लक्जरी कार ड्राइवर, वाचमैन, लिफ्ट और माली हो तथा फ्लैट के अन्दर ड्राइंग, किचेन और थ्री-बेडरूम सहित, मार्बल-फ्लोरिंग और ग्रेनाइट फिनिश के साथ बाथरूम, स्टडी और अपने-अपने टाइम से ड्यूटी बजाते नौकर, कुक और आया।

ऐसे फ्लैटों का पहला कमरा यानी लिविंग रूम, क्रिस्टल, वुड और ब्रॉस की एक से एक नायाब कलाकृतियों, एंटीक कलेक्शनों से भरा रहता है।

दूसरा कमरा, यानी मालकिन का बेडरूम, ढेरमढेर इम्पोर्टेड कॉस्मेटिक्स, शैम्पू, हेयर ड्रॉयर और अनगिनत परफ्यूमों का संग्रहालय...

और तीसरा, यानी बच्चों का कमरा हजारों तरह के ब्लॉक्स, यंत्र-चालित ट्रेनों, हवाई जहाजों, टैंकों तथा तरह-तरह की 'बारबीज' और उनके जूते-चप्पलों, पोशाकों से इस कदर ठुँसा होता है कि खुद बच्चों के खेलने भर की जगह भी उसमें नहीं बची होती।

और 'चार स्टार' का मतलब इस अलादीनी फ्लैट में रहने वाले चार बाशिन्दों से है। आइए, मिला दूँ उनसे।

स्टार नम्बर एक—रोहित बंसल, उम्र सैंतीस वर्ष तीन महीने, कद पाँच फुट ग्यारह इंच, विदेशों से सॉफ्टवेयर और बिजनेस मैनेजमेंट की डिग्रियों से लैस; हिन्दुस्तान की एक बड़ी एडवर्टाइजिंग फर्म में उच्च पदाधिकारी के पद पर कार्यरत।

स्टार नम्बर दो, शलाका बंसल। लम्बी, छरहरी। फैशन डिजाइनिंग की गोल्ड-मेडलिस्ट, चाइनीज, इटैलियन तथा मैक्सिकन कुकरी की विशेषज्ञ तथा शहर में होने वाली हर बॉनसाइ प्रदर्शनी के आयोजन में बढ़-चढ़ कर हिस्सा लेने वाली। शलाका बंसल खुद शर्टें, पतलूनें बनाने वाली कई एक्सपोर्ट फर्मों के साथ जुड़ी थीं, किन्तु चूँकि कालान्तर में उन्हें शक होने लगा कि ये कम्पनियाँ उनकी प्रतिभा का दोहन कर उन्हें एक्सप्लॉयट कर रही हैं तथा उनके सहकर्मी भी उन्हें सहयोग कम, इस्तेमाल ज्यादा कर रहे हैं। अलावा इसके वे थक भी बहुत ज्यादा जा रही थीं। अत: बगैर जरा भी विलम्ब किए अपने निर्णय पर अमल़ करते हुए उन्होंने नौकरी छोड़ दी और तब से लेडी ऑफ द हाउस अर्थात गृहस्वामिनी के पद की शोभा और शान बढ़ा रही हैं।

स्टार नम्बर तीन—ईशा बंसल। उम्र सात वर्ष, पाँच महीने। शहर के सबसे लब्ध-प्रतिष्ठ पब्लिक स्कूल में सैकेंड स्टैंडर्ड की छात्रा। शौक—वीडियो गेम्स खेलना और टी.वी. आइपैड पर कार्टून चैनल 'वाच' करना।

स्टार नम्बर चार—रोहन बंसल। उम्र दो वर्ष ग्यारह महीने, वजन काफी। शौक—जहाँ-तहाँ रखी काँच और क्रिस्टल के पीसेज को गिराना-पड़ाना तथा शलाका बंसल एवं कानन नामक आया की लाख कोशिशों के बावजूद

पलंग से लेकर कारपेट तक, कहीं भी, बगैर किसी पूर्व सूचना के गीला कर देना।

इन दिनों समस्या विशेष रूप से गम्भीर इसलिए हो गई है, क्योंकि हमेशा 'स्नगीज' पहनाए रखने की वजह से, जहाँ एक तरफ आया और शलाका पूरी तरह निश्चिन्त हो चुकी थीं, रोहन की कोमल त्वचा पर रेशेज और खुजली उभर आई और डॉक्टर ने स्नगीज का प्रयोग पूरी तरह वर्जित कर दिया। एक समस्या यह भी कि आदत तो देर-सवेर डालनी ही है। सारी उम्र में तो स्नगीज पहनाए नहीं जा सकते।

भूमिका थोड़ी लम्बी हो गई। इसलिए कहानी थोड़ी छोटी करनी होगी। करना कुछ खास है भी नहीं। खुशहाली के सारे कारण और उपकरण तो शुरुआत में ही, एक साथ बयान कर दिए गए हैं।

अब इन चारों स्टारों का करना क्या है, अर्थात कुछ नहीं। सिर्फ खुशहाल रहना है, लेकिन अब चूँकि हमको आपको भी उनकी खुशहाली का साक्ष्य बनना है, इसलिए आप सुबह से एक पूरा दिन उनके साथ बिता ही डालिए यानी स्पेंड द डे विद देम।

मेहरबानी करके इस धुआँधार अंग्रेजी का बुरा मत मानिएगा, न इस पर टीका-टिप्पणी करिएगा। क्योंकि इसके बिना हिन्दुस्तान की कोई चीज, कोई गतिविधि, परम्परा और संस्कृति यानी कि कल्चर तक की शिनाख्त नहीं हो सकती। एक खुशहाल हिन्दुस्तान खड़ा हो ही नहीं पाता इस अंग्रेजी के बगैर... और झूठ हमें बोलना नहीं।

लीजिए बातों-बातों में हम, आप, चूक गए। सुबह की पहली घंटी तो दूधवाला बजा चुका। और शलाका बंसल चौंककर बेड पर बैठ भी गईं, क्योंकि दूधवाले की उँगलियाँ कॉलबेल पर पूरे पन्द्रह सैकेंड तक किसी अदृश्य फेवीकोल के साथ चिपकी रह जाती हैं।

शलाका बंसल कानों पर हाथ धरे बैठी रह जाती हैं। लेकिन हा हन्त...कि 'कानौन' बनाम कानन आया कमबख्त की नींद फिर भी नहीं उचटती।

और दूसरी बार तो कॉल बेल दबाए-दबाए दूधवाला जैसे कानों के बीच एक आरी-सी चला देता है।

उफ! यह कानन की बच्ची!...और यह, ईडियट दूधवाला...

लेकिन बदला नहीं जा सकता। कारण? नम्बर एक—हर बिल्डिंग का एक ही दूधवाला नियत होता है। नम्बर दो—सारे ही दूधवाले इसी तरह चीख मारकर दो-दो बार ही देर तक कॉलबेल दबाए रहते हैं। जिससे घरवालों को पता चल जाए कि यह धोबी, जमादार, पेपरवाले, अंडेवाले, ड्राइवर या गाड़ी साफ करने वाले छोकरे की घंटी नहीं, दूधवाले की घंटी है।

बदली कानन भी नहीं जा सकती। शलाका को मैमसाब की जगह 'येस मैडम' कहती है और बिस्कुट, केक, चॉकलेटों की चोरी भी एक-दो दिन छोड़कर करती है।

लेकिन कॉलबेल तो बदली जा सकती है न!

शलाका बंसल कानों पर हाथ धरे-धरे सोचती हैं।

आज रोहित से बात करनी है। उसके कमरे वाला कॉलबेल का कनेक्शन थोड़ा और धीमा, और मधुर और सॉफ्ट-सा हो तो बेहतर। यूँ भी हर रोज सुबह-सुबह, एक ही टाइम पर एक ही मोनोटोन्स आवाज बोर कर देती है। उबाऊ और एकरस। अच्छा, ऐसा नहीं हो सकता कि उसके बेडरूम में कॉलबेल की आवाज हर रोज थोड़ी-थोड़ी अदल-बदल कर आए? जरूर ईजाद हो गई होगी ऐसी कॉलबेल। हिन्दुस्तान में नहीं तो अमेरिका, जापान या जर्मनी में। हो सकता है वहाँ के बाजारों में आने ही वाली हो। इस ख्याल मात्र से शलाका को थोड़ा हल्कापन और राहत महसूस हुई।

उसने आहिस्ते से रोहन की कॉट की तरफ हाथ बढ़ाया। अन्दाजा। फिर गीला किया है। कानन बिलकुल ट्रेन नहीं कर पा रही रोहन को। डाँटने पर कहती है कि चूँकि वह अभी नई है, इसलिए निकर उतारने को हाथ बढ़ाते ही बाबा चीख मारकर भागता है।

अब हर कोई तो रीता रंघता जैसा लकी नहीं न कि रीता लाख पुचकारे भागकर आएगा बच्चा आया के ही पास। खाना-पीना, सोना, जिदियाना, सब कुछ आया की गोद में। दोनों बड़े गर्व से सबके बीच इसे तमाशे की तरह दिखाते हैं। रीता से ही कहेगी, एक ट्रेंड आया के लिए। लेकिन कानन को भनक न लगने पाए। नहीं तो जाने कैसे सूँघ लेती है और फिर तो गो स्लो, बोनस

और स्ट्राइक तक की वो सारी कारगुजारियाँ आजमाती है, जो इनके शौहरों ने अपनी-अपनी कम्पनियों, कारखानों में आजमाई होती हैं। मजाल है जो कोई दूसरी आया बिल्डिंग के आस-पास फटक जाए। किसी दूर-दराज इलाके से बहला-फुसला कर बुलाई भी जाती है तो 'कांड' में ऐसी-ऐसी चेतावनियाँ और धमकी दी जाएँगी कि दुबारा इस फाटक की तरफ रुख करने की कोई हिम्मत न करे। इसलिए फिलहाल...

"कानन!"

"येस मैडम।"

"देखो बाबा ने फिर गीला किया। जरा चेंज करो उसकी नैपी...और ईशा उठी?"

"नो मैडम।" कानन रोहन के सूखे निकर निकालने लगती है।

"रोहित प्लीऽऽज!" शलाका रोहित बंसल को उठाती है—"कल भी लेट हुई थी स्कूल के लिए।"

रोहित बंसल की आँखें मुश्किल से खुलीं। रात एक बजे तक वह इंटरनेट पर जरूरी सूचनाएँ इकट्ठा करता रहा था। सुबह अभी पौने नौ की फ्लाइट से आने वाले सीईओ को रिसीव करने एयरपोर्ट जाना है। और साढ़े दस से फाइनांस कमेटी की मीटिंग।

रोहित ब्रश पर पेस्ट लगाते-लगाते ईशा के कमरे की ओर जाता है। ईशा उठ गई थी और उठने के साथ ही कार्टून 'वाच' कर रही थी।

"ईशा! इट्स बैड बेटे—जल्दी उठिए। आप कल भी लेट हुए थे। डायरी में लेट रिमार्क लाए थे।"

"प्लीऽऽज पापा!"

ईशा कार्टून पर ध्यान केन्द्रित किए हुए ही इठलाई—

"सिर्फ फाइव मिनिट्स और"

"अच्छा...तो फिर तुम कार्टून देखते-देखते अपना दूध खतम करो। आया! ईशा बेबी का दूध लाओ।"

"जी, रखा है टेबिल पर। कल भी नहीं पिया था।"

इस बार ईशा ने फौरन सुन लिया—"कल का दूध ठंडा था।"

"बेबी, फिर से गरम किया तो था माइक्रो वेव में। आप को पीने का टाइम नहीं था।"

"पीती तो और ज्यादा लेट हो जाती न पापा!" ईशा दुबारा इठलाई।

"ओ.के., लेकिन आज देर नहीं होनी चाहिए। ठीक?" रोहित ने घड़ी की ओर देखा और तौलिया उठाकर बाथरूम की तरफ लपक लिया।

बाहर निकला तो शलाका ईशा और ईशा कानन पर चीख रही थीं—

"ईशाऽऽऽ! अपना दूध खत्म करो।"

"इट्स हॉट ममा। मेरा मुँह जल गया।"

"हॉट योर हेड। खाली करो गिलास फौरन।"

"बहुत गरम है।"...ईशा सुबक-सुबक कर रोने लगी।

"ठेरो बेबी—फिर से ठंडा करती हूँ..." आया भुनभुनाई।

ड्राइवर ने बेल बजाई। कानन ने दौड़कर ईशा को बैग, बॉटल थमाई। दरवाजे तक पहुँची ही थी कि तड़ाक।...स्टार नम्बर चार, रोहन बाबा सोफे पर विजयी मुद्रा में हाथ उठाए खड़े थे और शेल्फ पर रखा क्रिस्टल वाच नीचे फर्श पर चकनाचूर...

"रोऽऽऽह न!" शलाका सिर पकड़कर डाइनिंग चेयर पर बैठ गई। कानन, कॉच की किरचें समेटने में लग गई।

पैंट की बेल्ट बाँधते, गले में टाई लटकाए रोहित बंसल बाहर आए तो कॉफी टोस्ट, कुछ नहीं था। टेबुल पर सिर्फ शलाका बंसल सिर पकड़े बैठी थीं। शलाका उसी तरह हथेलियों से सिर पकड़े-पकड़े चीखीं—

"कानन!...साब के लिए टोस्ट..."

"डोंट वरी! रहने दो। ऑफिस में सैंडविच मँगा लूँगा।"

शलाका ने तत्क्षण संदिग्ध कानों से रोहित का लहजा भाँपने की कोशिश की। रोहित ने तत्क्षण समझा और सतर्क भाव से मुस्करा दिया।

शलाका आश्वस्त हुई।

अन्दर-अन्दर कसमसाता हुआ रोहित ब्रीफकेस उठाए गले से ढीली टाई लटकाए तेज-तेज लिफ्ट की ओर बढ़ लिया।

शलाका भी उठी। दरवाजे तक आई। लिफ्ट के दरवाजे से रोहित ने और

फाइवस्टार फ्लैट के दरवाजे से शलाका ने हाथ हिलाया।

रोहित ने दुबारा मुस्कराने की कोशिश की...

और सबसे अच्छी बात, कामयाब भी हुआ।...

पिछले सात महीनों से वह इसी तरह करीने से मुस्करा रहा है।

जब्त करता है और मुस्कराता है। झुँझुलाता है और मुस्कराता है।

मुश्किल तो होता है इस तरह खुद पर जब्त कर-करके मुस्कराना लेकिन न मुस्कराने से मुश्किलें और बढ़ जाने का खतरा जो रहता है। उन खतरों के प्रति खबरदार रहना जरूरी है। ज्यादा बढ़े खतरों के समाधान, और ज्यादा मुश्किल हो जाते हैं। अभी तो सिर्फ मुस्कराने भर से ही काम चलाया जा सकता है।

ऐसा उसे डॉक्टर मेहता ने समझाया है कि यही एकमात्र रास्ता है। अपेक्षाकृत सुरक्षित भी। मुस्कराते रहने वाला रास्ता।

'आरमर...' कवच की तरह इस्तेमाल करो इसका। सोचो कि एक बेहतर 'कॉज' के लिए मुस्करा रहे हों। अपने और अपने परिवार के सुखद भविष्य के लिए। जिरह या बहस मत करो। शलाका को उसकी शंकाओं से उबारने में मदद करो। उसका विश्वास जीतो। उसके हौसले बढ़ाओ। उसे यह बिलकुल महसूस मत होने दो कि वह अब मात्र फुरसतिया घरेलू पत्नी होकर रह गई है। यह भी नहीं कि आखिर पूरे दिन, एक आया, एक पार्ट टाइम्स कुक, एक जमादार और कुछ फुटकरियों से उनके काम करवा लेने के अलावा और वह करती क्या है। विस्मित रोहित के यह कहने पर कि ऐसा तो उसने कभी कहा ही नहीं, डॉक्टर मेहता मुस्कराकर हामी भरते हुए कहते हैं कि वे जानते हैं कि रोहित ने ऐसा कभी नहीं कहा होगा, लेकिन शलाका सोचती है कि रोहित ने ऐसा कहा भले न हो, सोचा जरूर होगा।

अब रोहित को यह प्रमाणित करना होगा कि वह ऐसा सोचता भी नहीं।

रोहित हतबुद्धि-सा बैठ रह जाता है। अब इसका क्या इलाज किया जाए कि जो कुछ उसने नहीं सोचा, उसे भी उसकी तरफ से सोचा जाता मान लिया जाए?...और जो कुछ नहीं किया, उस अपराध की भी सजा...

डॉक्टर मेहता समझाते हैं, इसे सजा के रूप में नहीं, एक मदद के तौर पर लो। दरअसल यह ऐसी कोई बीमारी है ही नहीं। सिर्फ एक किस्म के डिप्रेशन

के शुरुआती लक्षण भर। नथिंग टु वरी। आज के हर तीसरे स्त्री-पुरुष, पति-पत्नी के साथ ऐसा होता रहता है। चलता रहता है, यह सब। सो, अपने आप को एक पति नहीं, एक हीलर के रूप में लो!...

अचानक रोहित चौंककर डॉक्टर मेहता की ओर देखने लगता है। कहीं डॉक्टर मेहता उसमें भी एक मरीज होने के लक्षण तो नहीं देख रहे हैं?... अन्यथा बार-बार इतना हौसला बँधाना और समझाना क्यों? वैसे भी, जिस तरह डॉक्टर मेहता शलाका से बात करते हैं और जिस तरह इस वक्त उससे बात कर रहे हैं, उसमें कोई खास फर्क तो समझ में आता नहीं। यूँ भी डॉक्टर मेहता के मरीजों और आजकल के 'नॉर्मल' कहे जाने वाले व्यक्तियों के बीच फर्क करना मुश्किल नहीं क्या? इसका मतलब सड़क पर दौड़ती शोफर ड्रिवेन कारों में, हवाई जहाजों के बिजनेस, एग्जीक्यूटिव क्लासों में, होटलों और कॉन्फ्रेंस सेमिनारों के तमाम सारे डेलीगेट्स डॉक्टर मेहता के पेशेंट होने के सारे लक्षणों से युक्त होते हैं।

कभी-कभी उसे लगता है कि शलाका को डॉक्टर मेहता के पास लाकर उसने गलती तो नहीं की। क्या फर्क पड़ा पिछले इतने महीनों में? सिवा इसके कि शलाका के प्यार और डिमांडों के बीच फर्क करना और ज्यादा मुश्किल हो गया है। वह सारा कुछ जो वह चाहती है, उसकी न्यायिक हिरासत में न्यायसंगत है। और डॉक्टर मेहता के निर्देशों के अनुसार रोहित को अपनी स्वीकृति की मुहर लगाकर फाइल आगे खिसकाते जाना है। लेकिन यह भी तो शलाका की ही जिद थी...कि वह बेहद डिप्रेस्ड फील करने लगी है।...उसे लगता है कि उसने नौकरी छोड़कर शायद ठीक नहीं किया। (पहले उसे लगता था उसने नौकरी जॉयन कर ठीक नहीं किया...) उसे ठीक-ठीक समझ में नहीं आता कि उसने ठीक किया या नहीं। वह इन उलझनों से निजात पाना चाहती है। प्लीज रोहित, क्यों नहीं वह किसी साइकियाट्रिस्ट से कनसल्ट करता? रीता रंधावा को तो बहुत फर्क पड़ा है। वह खुद स्वीकारती है कि वह बहुत अच्छा फील करने लगी है। आजकल तो सभी जाते हैं मैरेज कॉन्स्यूलर और साइकियाट्रिस्टों के पास...जब हम अफोर्ड कर सकते हैं तो क्यों न जाएँ!...

अचानक रोहित अपने अन्दर गुप्त रूप से निर्मित किए तहखाने में कूद

जाता है...कहीं यह डॉक्टर मेहता और शलाका बंसल का मिला-जुला प्लान तो नहीं? कहीं कुछ और...

छिः-छिः! वह कूदकर वापस तहखाने से ऊपर आ जाता है। वैसे भी इस स्वत:-निर्मित तहखाने से आजिज़ आ गया है इन दिनों रोहित बंसल।

नहीं शलाका नहीं...लेकिन, कहीं डॉक्टर मेहता जान-बूझकर न सही, अनजाने ही उसे अपना पेशेंट बनाने की, साजिश न सही, सपने न पाल रहे हों।... या फिर क्या पता, शलाका ने खुद ही डॉक्टर मेहता को फोन करके अपने शक उजागर किए हों। वरना, शलाका क्या-क्या सोचती है, इसके इतने प्रामाणिक और आधिकारिक ब्योरे डॉक्टर मेहता ने कहाँ से इकट्‌ठा किए?

ओह नो...सुखद भविष्य न सही, अपने शान्तिपूर्ण वर्तमान के लिए, उसे डॉक्टर मेहता से इतना तो कह ही देना चाहिए कि...

"लेकिन मैंने शलाका को उसका जॉब छोड़ने के लिए बिलकुल मजबूर नहीं किया डॉक्टर! बल्कि उसे कई बार समझाने की कोशिश भी की कि वह सुबह से शाम तक घर की बेतुकी झंझटों में क्यों फँसना चाहती है। कम से कम, रिजाइन करने में इतनी जल्दबाजी तो न करे।"

"जानता हूँ।" डॉक्टर मेहता ने गर्म कॉफी का प्याला उसकी तरफ बढ़ाते हुए कहा—"शलाका जैसी लड़की को कोई बाध्य कर भी नहीं सकता किसी काम के लिए..."

रोहित को एक इत्मीनान-सा हुआ।

"दरअसल डॉक्टर मेहता! मैं ज्यादा इसरार भी नहीं कर सकता था शलाका से, वरना वह सोच सकती थी कि मैं उसे पैसा कमाने की मशीन बनी रहने देना चाहता हूँ—मुझे उसकी थकान, लस्ती-पस्ती की कोई फिक्र ही नहीं..."

"यह भी जानता हूँ।" डॉक्टर मेहता दुबारा संजीदगी से मुस्करा दिए। फिर सिगरेट की ढेर सारी राख ऐश-ट्रे में झाड़ते हुए बोले—"शायद उसकी सुख-शान्ति की परिभाषाएँ बदलती रहती हैं या फिर शायद वह इस किस्म की सुख और शान्ति से कुछ अलग, कुछ ज्यादा पानी चाहती है..."

"लेकिन क्या?..." रोहित बेसब्र हुआ।

"शायद वह खुद भी नहीं जानती।"...डॉक्टर मेहता ने कहने के बाद

इत्मीनान से एक आसान-सा निष्कर्ष प्रस्तुत कर दिया—"ज्यादा पढ़ी-लिखी और महत्त्वाकांक्षी लड़कियों के साथ अक्सर ऐसी समस्या हो जाती है, खासकर सुविधा-सम्पन्न वर्गों में..."

"लड़कियों की या उनके पतियों की?"

इस बार रोहित निर्द्वंद्व हँसा।

"शाब्बाश! दैट्स लाइक अ गुड हजबैंड।"

"दैट्स लाइक अ गुड डॉक्टर"...रोहित ने मन-मन कहा और हाथ मिलाकर उठ लिया। कार तक आते-आते उसे याद आया कि एकाध बार उसने डॉक्टर से पूछा था कि क्यों न वह शलाका को फिर से किसी जॉब के लिए तैयार करने की कोशिश करे—पार्ट टाइम ही सही। पैसा भी, घर भी, जॉब भी...

लेकिन डॉक्टर मेहता ने छूटते ही कहा था—"नहीं, अच्छा हो, पहले मैं उससे बात कर समझ लूँ इसके लिए एकाध सिटिंग..."

"अच्छा, अन्दाजन कितना समय लग सकता है, डिप्रेशन से उबरने में..."

कुछ कहा नहीं जा सकता। सब कुछ मरीज के अपने विल पावर और उसके साथ के व्यवहार पर। वैसे तुमसे कहा न, परेशानी वाली कोई बात नहीं, बस जरा-सी केयर, स्नायुतंत्र ढीली रखने की गोलियाँ और आराम...बीच-बीच में, साइकियास्ट्रिस्ट के साथ एकाध सिटिंग्स भी...

वैसे अब थोड़ा बहुत साइकियाट्रिस्ट तो वह खुद भी हो चला है, डॉक्टर और पेशेंट की सोहबत में रहते-रहते...इसलिए शाम, लौटकर, रोहित धचके के साथ गाड़ी पार्क करता है। लिफ्ट में टाई की नॉट ढीली करता है। (थकान का इजहार) पाँचों उँगलियों से सिर के बाल छितराता है और ब्रीफकेस लिये, ऐसे घुसता है जैसे घर में नहीं, समर क्षेत्र में प्रवेश कर रहा हो।

"हाय डॉर्लिंग..." नहीं, डॉल! और दरवाजे पर छोड़ी गई सुबह वाली नकली मुस्कान वापस अपने चेहरे पर चिपका लेता है—"थकी लग रही हो...रोहन ने ज्यादा तंग किया? पार्ट टाइम छोकरे ने फिर से एडवांस तो नहीं माँगा?...ईशा पहुँच गई थी आज टाइम से?...होमवर्क पूरा किया कि नहीं उसने...ईशाऽऽ!..." कहते हुए वह ईशा के कमरे में गया तो वह अधूरा होमवर्क बीचोंबीच छोड़ कर, तन्मय भाव से कार्टून देख रही थी—

"प्लीऽऽज पापा?..." (रोहित इस जुमले का भी आदतन अभ्यस्त हो चुका है...)

लौटा तो शलाका, कानन से झुँझलाई आवाज में कह रही थी—"तुझसे कितनी बार कहा कि रोहन को सात बजे तक उठा दिया कर, वरना वह रात में जल्दी सोता नहीं और भूखा होने की वजह से चिड़चिड़ाया रहता है।"

"येस मैडम!..."

बस ये शब्द शलाका के कानों में राहत की बूँद-सी टपकाते हैं। देखने में दुहरी-सी थोड़ी बेढंगी जरूर है कानन, लेकिन मातहती पूरे अन्दाज से बजाती है।

शलाका खुश होती है..."रोहित! मैं बर्गर बनाती हूँ तुम्हारे लिए। कानन! जरा आलू उबलने के लिए रख दे...फिर प्याज काट दे...और हरे धनिये, पोदीने की चटनी पीसकर टमाटरों की फाँकें..."

"डॉर्लिंग! इससे अच्छा हम 'बर्गर डिलाइट' से न मँगवा लें?...कानन को रोहन को ही सँभालने दो..."

शलाका सन्तुष्ट होती है। रोहित अन्दर-बाहर से दुहरा मजा ले रहा है..."कितना अच्छा हुआ जो तुमने जॉब छोड़ दिया, वरना इस वक्त जब मैं थकामाँदा ऑफिस से लौटता था तो तुम अपनी वर्कशाप में कमीजों की कालरें कतरवाती होती थीं।" ...कामयाब अभिनय।

शलाका हँसी। रोहित कुढ़ा। लेकिन नुस्खे चालू रखे—"मैं तो कब से चाहता था कि तुम यह सुबह से देर शाम तक की मगजमारी छोड़ो। इन कमीजों, बनियानों से कहीं ज्यादा मुझे और बच्चों की तुम्हारी जरूरत है।"

और यह तो किसी न किसी हवाले से यह हर रोज दुहरा दिया करता है कि शलाका जैसी काबिल, क्वॉलीफाइड और अपार सम्भावनाओं वाली लड़की ने पाँच अंकों वाली एक्सपोर्ट कम्पनी की नौकरी पर रेजिग्नेशन मारकर आधुनिकाओं के सामने एक मिसाल क़ायम की है।...

हालाँकि वह यह सब पूरी तैयारी और रिहर्सल के बाद कहता है, फिर भी जब कभी शलाका गहरी नजरों से उसे थाहती-सी लगती है तो वह गड़बड़ा जाता है। एक शंका-सी उपजती है कि कहीं शलाका समझ तो नहीं गई है कि रोहित

यह सब हकीकत में सोचता नहीं, सिर्फ कहता है। सोचता तो वह उसे अव्वल नम्बर की नखरैल, मगरूर और चालाक है। नहीं, हर्गिज नहीं...और कभी नहीं... रोहित हड़क कर, पूरा दम लगाकर खुद से इसका प्रतिवाद भी करता है। ऐसा भला वह कभी सपने में भी सोच सकता है?

जहाँ तक मगरूर और चालाक होने की बात है तो वह भला कौन नहीं होता? शलाका या रोहित इसके अपवाद कैसे हो सकते हैं? बावजूद इसके कि वे दोनों एक-दूसरे को दिलोजान से प्यार करते हैं।

आज से नहीं, दसियों साल पहले से। एकदम शुरुआती दिनों से...तब से ही जब ऑफिस से जरा-सी भी देर हुई नहीं कि शलाका बेसब्र सवालों के पहाड़ से खड़े कर दिया करती थी, घर लौटने पर। वैसे भी ऑफिस में उसकी, उसकी पी.ए. की घंटियाँ, घर से आए फोन कॉलों से ज्यादा घनघनाती रहती थीं। कहाँ गए हैं रोहित सर!...कब तक वापिस आने को कह गए हैं!...कितने बजे की मीटिंग है! ...अब तक तो खत्म हो जानी चाहिए थी। कहीं और तो नहीं जाना था उधर से...

जलने वाले आखिर कहाँ तक बरदाश्त करते। भरी मजलिस में भी लिहाड़ी लेकर ही मानते कि "यार! शादी की है तूने या नीलामी बुलवाई है अपनी? तू पति है या गड़ा हुआ खजाना...जिस पर तेरी बीवी साँप की तरह गेंडुली मारकर बैठी हुई है।"

बकवास...सरासर बकवास।...फिदा हैं वे दोनों दिलोजान से एक-दूसरे पर।...ये दुनिया वाले क्या जानें...कि यद्यपि अपने ऑफिस के पुरुष सहकर्मियों की टुच्ची हरकतों को देख-देखकर शलाका रोहित को लेकर भी उल्टी-सीधी आशंकाएँ पाल लेती और अपनी हठधर्मिता पर अड़ी-सी रहती, लेकिन जब रोहित को चीख-चीख कर कसमें खाते देखती तो बड़े लाड़ से आई लव यू डार्लिंग... कहना भी नहीं भूलती। एक नहीं, हजारों बार अपनी शंकाओं और रोहित के समाधान के बाद उसका कहा—'आई लव यू...' भला झूठ हो सकता है? अब प्यार और कैसे किया जाता है? इसी तरह कह कर ही तो!

शलाका तो चाहती है कि वे दोनों और उसके दोनों बच्चे हमेशा एक ऐसे 'क्लोज बॉड' में बँधे रहें, जहाँ किसी दूसरे के आने, समाने की गुंजाइश ही

न हो। रोहित के माँ-बाप, भाई-बहनों तक की नहीं। रोहित कितना भी उनींदा, थका हो, शलाका चाहती है, कि वह बच्चों को भरपूर टाइम दे। ईशा को स्टोरी बुक से कहानियाँ पढ़कर सुनाए। रोहन को अपने पेट पर लिटाकर लोरियाँ गाए। शलाका यह भी मानती है कि अगर रोहित दिलचस्पी ले तो शायद ईशा वापस पढ़ाई में रुचि लेने लगे और कार्टून देखना भी कम कर दे। उन चारों के आपसी सम्बन्ध प्रगाढ़ होने बहुत जरूरी हैं, वरना बच्चे माँ-बाप को 'डिसओन' कर देते हैं इन दिनों।...यह शलाका की धारणा और आशंका दोनों हैं।

शायद इसीलिए हमेशा अपनी पार्टियों में जाने से पहले शलाका, ईशा और रोहन को तमाम-तमाम दुलराती, समझाती है कि मम्मा की भी तो जरूरतें हैं, उसे भी अपने फ्रेंड्स के पास जाना है, पार्टियाँ इन्जॉय करनी है...अच्छे बच्चे इस बात को समझते हैं और हँसते-हँसते बाय करते हैं। और उनके चले जाने के बाद झगड़ा भी नहीं करते, न उदास होते हैं। बच्चे शलाका की बात मानते भी हैं। हँसते-हँसते बाय करते हैं, आया के कहने पर खाना भी खा लेते हैं, लेकिन उदास होने से शायद खुद को नहीं रोक पाते।

रोहित को झुँझलाहट और हैरानी होती है। उसके माँ-बाप ने ऐसी समझदारी की बातें उसे क्यों नहीं कभी बताईं, समझाईं? शायद इसीलिए माँ-पिता जी के झगड़ों के दौरान, रोहित या उसके छोटे भाई-बहन कभी इस तरह सुबक-सुबक कर नहीं रोए होंगे, जैसे ईशा रोती है। जाने वह इतनी समझदार कैसे हो गई?... शायद उन दोनों के आपसी मतभेदों की चट्टानी अभेद्य दीवार तिड़काने के बीच जब शलाका अपनी बात को वजनदार बनाने के लिए ज्यादा आक्रामक शब्दों का प्रयोग करती है तो उनमें आए 'तलाक' और सेपरेशन जैसे शब्दों के मतलब ईशा अब समझने लगी है।

नादान रोहित ही था। वह समझता था कि पति-पत्नी के बीच प्यार का मतलब है ढेर-ढेर सारा हल्कापन, भरपूर निश्चिन्तता और मौज-मस्ती भरा विश्वास... प्यार को लेकर किसी प्रकार की सतर्कता बरतने जैसी बात कभी उसके जेहन में आई ही नहीं, न शक-शुबहे जैसी। बेशक लड़ पड़ने या झगड़ पड़ने की पूरी छूट कभी भी ली-दी जा सकती है।

यह तो उसने शलाका के साथ रहते हुए ही जाना कि 'प्यार' कोई इतनी

आसान सी चीज़ नहीं होती। और साथ-साथ चलने का मतलब, थककर लस्त-पस्त होना भी होता है।...

यह भी कि आपसी प्यार का प्रमाणपत्र ड्राइविंग लाइसेंस की तरह हमेशा अपनी जेब में तैयार रखना पड़ता है, जिससे कभी भी शलाका द्वारा किसी भी बात पर शक होते ही निकालकर दिखा दिया और प्यार की गाड़ी आगे बढ़ा दी।

सच्चे प्यार को 'मेन्टेन' करते रहना कोई मजाक नहीं, एक चुनौती है। वरना सावधानी हटी और दुर्घटना घटी।

अब जैसे यही कि उस दिन होटल होराइजन में होने वाली बजट-मीटिंग के लिए जाने से ठीक पहले उसे याद आ जाए कि परचेज की फाइल तो वह सुबह डाइनिंग टेबुल पर ही भूल आया। कोई बात नहीं। मीटिंग में जाते वक्त ड्राइवर से गाड़ी जरा घुमवा कर, घर से होता चल सकता है। तब घर में रोहन को तो सोना ही था उस वक्त...और उस वाली आया का, नाम क्या था उसका, शेवन्ती को तो जगना ही था, साब के बेल मारने पर...और माँगने पर शायद नींबू पानी का एक गिलास भी देना ही देना...लेकिन यह भी कैसा संयोग या आश्चर्य कि शलाका भी ठीक उसी समय—अपनी कोई भूली हुई फाइल लेने इस तरह आ पहुँचती है कि उसे देखकर साफ-साफ लगता है कि वह कोई फाइल नहीं, बल्कि सुराग लेने पहुँची हो।

अब ड्राइविंग लाइसेंस अगर असली है, तो खुर्राट से खुर्राट पुलिसवाला भी उसे नकली नहीं साबित कर सकता, लेकिन 'प्यार' वाले असली लाइसेंस को भी, कभी-कभी जाली साबित किया जा सकता है। और रिन्यू कराने की मियाद के बारे में कुछ भी कह सकना मुश्किल। लेकिन मुश्किलों पर काबू पाने का नाम ही तो सच्चा प्यार है, ऐसा रोहित बंसल को डॉक्टर मेहता ने समझाया है और उसने अपने अनुभव से भी जाना है कि...

मुश्किलों पर काबू मुस्कराकर ही पाया जा सकता है। बेशक इस प्रक्रिया में मुस्कराने की नई-नई किस्में भी ईजाद करनी पड़ सकती हैं।

अन्दर के तहखाने में रहने वाले रोहित बंसल से तू-तड़ाक भी हो सकती है जब तहखाने में रहने वाला रोहित बंसल उसे धिक्कारता हुआ कह उठे कि—कहीं वह छल तो नहीं रहा अपनी जीवन-संगिनी को?...

तो वह भी हड़ककर कह सकता है कि अन्धा है क्या वह? देख नहीं रहा कि घर, समाज, वर्तमान और भविष्य के बीच क्या जीने के लिए और कोई सुरक्षित रास्ता बचा है रोहित बंसल के लिए?...

और हँसी-खुशी यह अन्दाजते हुए अपने पाँच सितारा फ्लैट के दरवाजे की चाबी घुमा देगा कि आज शलाका उससे क्या कहेगी?...शायद यह कि—

'रोहित! मैं आकाश छूना चाहती हूँ, प्लीऽऽज एक सीढ़ी बना दो न!...और सीढ़ी अपने कन्धों से लगा दो। प्रॉमिस; जब मैं आकाश छूकर वापस आऊँगी तो तुम्हारे छिले हुए कन्धों के लिए मलहम जरूर लेती आऊँगी'...

होंठों को खींचकर मुस्कराहट में तब्दील करता रोहित बंसल सच्चे प्यार की राह में कदम-कदम बढ़ाता जाता है।...

पंचमी के चाँद की विजिट

वे दोनों बेहद खुश थे...जैसे जन्मों की चाह पूरी हुई हो, एक-दूसरे को पाकर।

"मैंने सोच लिया, अमेरिका वाला जॉब छोड़कर वापस इंडिया लौट आता हूँ।"

"पागल मत बनो, इतनी मेहनत से अर्जित वहाँ की डिग्री, नई नौकरी... इतना ब्राइट फ्यूचर..."

"मुझे जो चाहिए था, मिल गया, मेरी तलाश पूरी हुई..."

"ठीक है, मैं रिजाइन कर साथ चली चलती हूँ...खुश?"

"सच?"...उसे विश्वास नहीं हुआ।

"हाँ, हम बहुत सारे खूबसूरत सचों की तलाश साथ-साथ करेंगे.."

हवाई जहाज बादलों के ऊपर उड़ रहा था, वे एक-दूसरे का हाथ थामे खिड़की से बादलों की नर्म पंखुरियाँ अपने चारों तरफ महसूस कर रहे थे, आकाश बहुत पास था, इतना कि खिड़कियाँ खुली होतीं तो छू लेते। इस आकाश में पड़ रही थी उनकी नई जिन्दगी की नींव।

"मैं बहुत सामान्य परिवार का हूँ—अमेरिका के नाम पर अभी सिर्फ एक सँकरा वन रूम अपार्टमेंट और दो-चार बर्तन ही दे पाऊँगा तुम्हें..."

"जानती हूँ अमेरिका आया हर युवक, अपने शुरुआती दिन ऐसे अपार्टमेंट या बेसमेंट में काट कर ही अपने भविष्य की बेस पुख्ता करता है, चाहे अमीर हो या निर्धन!"

सचमुच, सँकरा, छोटा सा अपार्टमेंट देखकर वह जरा भी हताश नहीं हुई। छितरे-बितरे रैक्स, छोटे-बड़े पैकेट्स वाला बैचलर्स किचेन दिखाते हुए वह एकबारगी झेंपा तो, 'नो मोर'—अब कहाँ (बैचलर), कह के वह खिलखिलाई...

डिब्बों में जो कुछ मिला, निकाला, पकाया और एक-दूसरे को खिला-खिला कर पेट भर लिया। मिल-जुलकर बर्तन धोने लगे, तो अचानक खिड़की से पंचमी का चाँद दिखा...

अपने अपार्टमेंट की खिड़की का पहला चाँद...यह यहाँ तक चला आया हमारे साथ-साथ। वे अध-धुले बर्तन छोड़, एक में एक चेहरा सटाए, पंचमी का पूरा चाँद और ढेर सारा आकाश देखने की कोशिश करने लगे...लेकिन अपार्टमेंट से सटे दूसरे अपार्टमेंट की वजह से चाँद बहुत थोड़ा दिख पा रहा था और तब तक चाँद गुजर गया...

दोनों ने एक साथ सोचा, हम ऐसा घर बनाएँगे, जिसकी खिड़की से हमेशा चाँद जरूर दिखाई दे और पंचमी के चाँद वाली यह रात कभी भूलेंगे नहीं।

आकांक्षा यानी उस लड़की ने अपार्टमेंट की खिड़की पर आइसक्रीम के खाली डिब्बों में एक-एक गुलाब और मोगरा लगाए। मौसम गीला था, दोनों पनप गए तो वह खुशी से निहाल हो आई।

"तुम्हें फूलों, पौधों का इतना शौक है!...जब हम बड़े अपार्टमेंट में मूव करेंगे, तो ज्यादा बड़ी खिड़कियाँ होंगी! तुम और ज्यादा गुलाब लगा सकोगी, ज्यादा गुलाब, ज्यादा चाँद...कैसा लगता है न!

दिन गुजरे। सचमुच उनके पास अब एक बड़ा अपार्टमेंट था—अब हर सुबह इधर वह अपनी खटारा कार लेकर ऑफिस निकलता, उधर वह सारे-सारे दिन फूल, पौधे, पॉट्स के साथ जुट जाती। साफ-सफाई के बाद घर सजाती-सँवारती। पर जरूरत की चीजें, ग्रोसरी लाती। विकास की पसन्द की डिशेज बनाती। वाह! हरी धनिया सिर्फ पैंसठ की, और मिर्ची पचपन की—विकास ने लिस्ट देखकर चिढ़ाया।

—सचमुच! तभी इतनी तीखी है न!

दोनों हँसे...लेकिन वह बात का मर्म भी समझ गई। अब से वह अपने बजट और ख़रीदारी में ज्यादा समझदारी बरतेगी...अकेले कमाने से विकास पर ज्यादा 'लोड' पड़ रहा है। ग्रोसरी और ख़रीदारी बहुत हो चुकी। वह एक नए विश्वास से उठ खड़ी हुई, कड़ी मेहनत के साथ इंडिया में अपने छूटे हुए कैरियर की कड़ियाँ जोड़ने। उसने सुना था, यहाँ प्रयत्न और प्राप्ति के बीच परिश्रम तो है, लेकिन प्रतिरोध नहीं। हिम्मत से डाइव मार जाओ तो हासिल करके ही ऊपर आओगी। विकास से मन बाँटा तो उसे भला क्या आपत्ति हो सकती थी? उसकी खुशी में, उसकी खुशी।

आकांक्षा जुट गई। दो साल की कड़ी मशक्कत और तीन महीने की ट्रेनिंग के बाद शुरुआत काफी उत्साहप्रद रही। सुरुचि और सलीका, महत्त्वाकांक्षा और मेहनत। लोग प्रभावित हुए। पैसों के साथ-साथ प्रोत्साहन और प्रशंसा भी।

अप्रत्याशित! छह महीने के अन्दर ही उसे ज्यादा वेतन के साथ हेड ऑफिस का ऑफर मिल गया।

आकांक्षा को लगा, यह ऑफर नहीं, सपना है। उसने विकास की आँखों में इस सपने की अहमियत और कीमत आँकनी चाही...

विकास गद्गद था। यह सिर्फ तुम्हारा नहीं, मेरा भी तो सपना है, जो तुम्हारी मुट्ठी में आ समाया है। तुम मेरी खातिर अपना इतना ब्राइट कैरियर छोड़कर आई थीं। तुमसे कहा नहीं, पर मुझे हमेशा यह बात कुरेदती थी।

दोनों ने एक साथ निर्णय लिया, अवसर नहीं खोना है। विकास जल्दी उठ जाया करेगा। आकांक्षा को 'सब-वे' (लोकल) तक छोड़कर बाकी के काम पूरे कर ऑफिस जाया करेगा। आकांक्षा को एक घंटे पहले जाना पड़ेगा और लौटते में भी ट्रैफिक़ की वजह से रात हो जाएगी। तो क्या, विकास ही लौटते हुए ग्रोसरी भी लेता आएगा। सुबह लांड्री में डाले कपड़े निकाल लिया करेगा और यूँ ही कुछ पका-पुका भी लेगा, नहीं तो ब्रेड, टॉरटिया...डोंट वरी...उसने प्यार से आकांक्षा की मुट्ठियाँ दबाईं।

पहले दिन विकास ने जो सब्जी बनाई उस पर दोनों ठठा कर हँसे। पनीली

बेस्वाद...लेकिन दोनों ने बटर, सॉस मिला-मिला कर खाया, खिलाया। थकान से लस्त होने के बावजूद खुशी से सराबोर...

पहले वेतन के बाद ही, विकास आकांक्षा के लिए नई गाड़ी ले आया। खुद के लिए खटारा ही रखी।

अब दोनों अपनी-अपनी गाड़ियों से अलग-अलग जाते। अलग-अलग आते।

'सब-वे' तक पहुँचाने की जरूरत नहीं थी अब।

घर के काम भी वह जल्दी सुलटाने लगा। तो खाली समय बच जाता। आकांक्षा को तो देर होनी ही थी समय व्यर्थ गँवाने से फायदा!...अत: विकास ने मैनेजमेंट क्लासेस ज्वॉयन कर ली।

आकांक्षा गर्वित हुई।

अब हफ्ते के तीन दिन विकास के क्लासेस देर से छूटते।

आकांक्षा अकेले ही देर रात तक खुले स्टोरों, होमगुड्स, लाइफस्टाइल वाली चीज़ों की शॉपिंग कर लेती। कभी बेडरूम के लिए लैम्प, कभी स्टडी के लिए बुक शेल्फ। अकेले के हिस्से में आए समय का सदुपयोग।

अब पैसों की किल्लत नहीं थी, किल्लत समय की थी।

कभी आकांक्षा की आफिशियल पार्टी में कर्ट्सी नाते विकास निमंत्रित होता, कभी विकास के यहाँ आकांक्षा...पर उनका शामिल होना तभी सम्भव होता, जब उनकी अपनी ड्यूटी मुहलत देती। विकास ढेर सारी गुलाबों की किस्में लाकर आकांक्षा का फूलों का शौक पूरा करना चाहता। करता भी, लेकिन फूलों को उतना ही सुन्दर, स्वस्थ बनाए रखने के लिए उतने ही ज्यादा रख-रखाव की भी जरूरत होती। आकांक्षा करती भी।

फिर भी गुलाब मुरझाते दिखे तो दोनों ने एक पूरे वीक-एंड उन्हें नई मिट्टी खाद के साथ बड़े गमलों में डाला...

अब हर हफ्ते, पखवारे, वीक-एंड्स की यह दिनचर्या सुनिश्चित हो गई। उसके बाद लॉंड्री, ग्रोसरी।

एक दिन किसी मित्र की हाउस वार्मिंग पर निमंत्रित थे दोनों। मित्र का घर,

अपार्टमेंट या फ्लैट न होकर सबर्ब में लिया एक बंगला था, जिसके चारों ओर खुला, फैला मखमली लॉन, चारों तरफ फूलों की क्यारियाँ और बैकयार्ड में साफ नीले पानी वाला आयताकार स्वीमिंग पूल भी था।

विकास और आकांक्षा मुग्ध थे।

पूछने पर मित्र ने बताया कि ऐसा कुछ पहुँच के बाहर जैसा असम्भव नहीं है यह। बड़ी आसानी से थोड़े लोन, किश्तों की मदद से वे दोनों भी शहर से दूर एक ऐसा बंगला खरीद सकते हैं। मित्र ने एजेंटों के नम्बर भी नोट करा दिए।

सचमुच साल बीतते न बीतते आकांक्षा और विकास के पास भी वैसा ही खूबसूरत लॉन, स्वीमिंग पूल और फूलों की क्यारियों से सजा हुआ एक बंगला हो गया। चूँकि बंगला ढलान पर था, इसलिए यहाँ तो फूलों की क्यारियों के लिए बेशुमार जगह थी। आकांक्षा गुलाबों के साथ ट्यूलिप, लिली, आड़ू, चेरी और स्ट्रॉबेरी की पौधें भी खरीद लाई, बैकयार्ड में लगाने के लिए।

स्वीमिंग पूल पर बने डेक के लिए शोख रंगों वाली कुर्सियाँ और बीचोंबीच फूलदार छतरी भी। घर के अन्दर स्वेड के सोफे, पैडस्टल लैम्प, बढ़िया डिनरसेट तथा क्रिस्टल के गिलास...

खर्च ज्यादा हो जाने से एकाध बार विकास घबड़ाता भी, लेकिन हर सुनने वाला यही समझाता कि यहाँ तो हर चीज़ आसान किश्तों में उपलब्ध है। फिर हमें तरसने की जरूरत? हम भारतीय जीना नहीं जानते, जीवन को ढोते हैं...लोक से ज्यादा परलोक की बातें करते-करते इस लोक का कचरा कर डालते हैं।

इन्हीं मित्रों के सुझाव पर एक 'बारबी-क्यू' भी आ गया और तय हुआ कि जल्दी से जल्दी मित्रों और सहकर्मियों के लिए हॉउस वार्मिंग पार्टी रखी जाए। लेकिन चूँकि विकास की कम्पनी की कुछ विदेशी कम्पनियों के साथ डील चल रही थी और आकांक्षा भी पूरे महीने सर्विस टूर पर थी, अत: न चाहते हुए भी आयोजन टालना पड़ा।

लम्बी टूरिंग और अति व्यस्तता की वजह से अक्सर कुछ-कुछ दिनों बाद क्यारियों के गुलाब और ग्लाइडोलिया मुरझाए मिलते...स्वीमिंग पूल की सतह पर भी पेड़ों से झरी पत्तियाँ या टहनियाँ तैरती होतीं और ड्राइव-वे की झाड़ियाँ बेतरतीब

बढ़ी हुई मिलतीं। विकास और आकांक्षा वीक-एंड में जल्दी ही उठकर दोपहर देर तक स्वीमिंग पूल में पड़ी पत्तियाँ छानते और डेक की सफाई में जुट जाते।

अपने नए बंगले के लॉन की बेतरतीब होती घास के लिए भी वे अपने अमेरिकन पड़ोसियों की तरह फावड़े, खुर्पियाँ, दस्ताने और लॉन 'मो' करने की मशीन ले आए, जिससे हर थोड़े दिनों पर दोनों मिलकर सूखी पत्तियों की रेकिंग (झाड़) कर सकें, और बेतरतीब बढ़ी घास को मशीन से 'मो' कर एकसार कर सकें।

क्यारियों को खोदकर पौधों को डिसइन्फेंक्टेंट करना भी उतना ही जरूरी होता।

एक बार पूल पर झुक आए एक पेड़ को कटवाने के लिए ही विकास ने पहले म्यूनिसिपल ऑफिस को सूचित किया, वे इन्स्पेक्ट करने आए, तब ऑर्डर लिया और किसी लकड़हारे को बुलवाया, तो उसने सिर्फ इसी के पूरे ढाई सौ डॉलर चार्ज किए। विकास के पसीने छूट गए, तभी तो करोड़पतियों को छोड़कर अपने हिसाब से ही लोग शौक पालते हैं और खुद ही खटते हैं।

इस बीच बर्फ गिरनी शुरू हो गई और रुक-रुक कर, हफ्तों, महीनों कभी रुई के फाहों-सी, कभी उड़ती गुबार-सी और कभी तेज बौछारों की शक्ल में गिरती रही। देखते-देखते घरों की छतें, पेड़, पौधे, पूल और डेक से लॉन तक बर्फ से ढँक गए। अब तक अपार्टमेंट में, बाहर की सड़कों पर बिछी बर्फ, सुबह-सुबह म्यूनिसिपैलिटी की 'थ्रेशर' हटा जाया करता था, लेकिन अब अपना ड्राइव-वे, अपनी प्रॉपर्टी थी। तो लगभग रोज 'शॉवेल' से बर्फ हटाना, रास्ता बनाना और बीच से कार निकालकर ले जाना, उनकी दिनचर्या में शामिल था।

सबसे ज्यादा मेहनत तो पूल को ढाँपने के लिए करनी पड़ी। उसे दबीज तारपोलीन से खींच-खींच कर ढाँपा गया। फिर ऊपर बड़े-बड़े तकिये के आकार के फ्लोट्स डाले गए। जिससे वह धसकने से बचा रह जाए।

मार्च के आखिर तक बर्फ पिघली। पेड़-पौधे, जंगल, घाटियों की ढँपी हरियाली लहलहा उठी। उनके अपने लॉन से भी बर्फ की चादर हटती गई और ताजी हरी घास निकल आई।

सहकर्मी और मित्रों ने उन्हें वापस हॉउस वार्मिंग की याद दिलाई। खुद उनकी बेसब्री भी अब चरम पर थी। अगला महीना भी उनके विवाह की वर्षगाँठ वाला था।

सो दोनों सोत्साह तैयारी में जुट गए। सबसे पहले पैसेज से दरवाजे तक किनारों पर लग आई काई खुरची गई। खिड़कियों पर पिघलती बर्फ की झूलती झालरों वाली 'आइसिकल्स' पहले जितनी खूबसूरत दिखती थीं, अब उनके बदरंग निशान मिटाने जरूरी थे। लेकिन चूँकि होम स्टोरों में सफाई के सारे साधन उपलब्ध थे, इसलिए दोनों ने ब्रश, झाड़ू, स्क्रबर से रगड़कर न सिर्फ निशान, बल्कि खिड़कियों के शीशे, फ्रेम सब चमका दिए। 'लॉन मोअर' से बेतरतीब बढ़ी घास तराशी और पौधों की बढ़ आई टहनियाँ काट कर बराबर कीं। और तो और, क्यारियों में इस तरह फूल लगाए, जिससे आयोजन के एक-दो दिनों पहले से सारी क्यारियाँ लहलहा उठें। वैसे भी यहाँ के 'मिरैकल-ग्रो' जैसे रसायनों से पौधे इस तरह रातोंरात बढ़ते हैं कि उनके असली होने में शक होने लगता है।

अब सिर्फ पाँच महीने तक ढँके पूल की सतह पर तैरते फ्लोटर्स और तारपोलीन हटा कर सफाई करनी थी, और क्लोरीन भी डालनी थी। बहुत शीघ्र उनके बहु- प्रतीक्षित दिन, उनकी सारी क्यारियाँ फूलों से भरी होंगी, स्वीमिंग पूल में फिरोजी पानी लहराता होगा और ऊपर आसमान में पंचमी का चाँद...

खुशी में उमगते वे सप्ताहान्तों या पूरे-पूरे दिन अपने डेक, लॉन, क्यारियों और स्वीमिंग पूल के चारों किनारों की सफाई करते और बाकी दिनों शाम को अपने ऑफिसों से लौटते हुए प्लेटों, गिलासों, नैपकिन्स के पैकेट्स, ड्रिंक्स की बोतलें और स्नैक्स लिये घर लौटते। थकान से निहाल होने पर उनका एक नन्हा सपना होता, एक साथ पूल में कूद पड़ने का, लेकिन अपने इस सपने को उन्होंने फिलहाल पार्टी के बाद के लिए स्थगित कर रखा था।

लेकिन जाने क्या हुआ कि पार्टी के दो दिनों पहले तक क्यारियों में फूल खिले ही नहीं। गुलाबों की सारी कलियाँ कसी की कसी...बिलकुल नहीं लगता था कि ये एक-दो दिनों में चिटकेंगी।

आकांक्षा बेहद उदास हो आई। सब कुछ करके भी क्यारियों में जबरदस्ती फूल नहीं खिलाए जा सकते थे। विकास, सूनी क्यारियों से ज्यादा आकांक्षा के बुझे चेहरे को देखकर हताश था। अन्त में दोनों को एक साथ सूझा, क्यों न हम फ्लावर शॉप से खिले-खिले फूलों के ढेर सारे गमले ले आएँ। विचार मात्र से दोनों ने अपनी-अपनी गाड़ियाँ निकालीं और अलग-अलग दो-दो ट्रिपें मारकर खिले गुलाब और मौसमी फूलों से पूरी तरह लदे ढेर सारे गमले खरीद लाए। और उन्हें कार से उतार-उतार कर हर तरफ खूबसूरती से सजा दिया। क्यारियाँ बेशक थोड़ी सूनी रहीं पर दोनों भरपूर सन्तोष से एक-दूसरे का उत्साह बढ़ाते रहे।

शाम को विकास ने आकांक्षा की लाई पिंक शर्ट पहनी और आकांक्षा ने रुपहली एम्ब्रॉयडरी वाली शिफॉन की मैक्सी।

एक के बाद एक दोस्त आते गए। कारों से पूरा ड्राइव-वे पट गया। गुलदस्तों और सौगातों के ढेर लग गए। वे मद्धम म्यूजिक़ के बीच हर मेहमान को अटेंड और इंटरटेन करते रहे। ड्रिंक्स और डेजर्ट से लेकर डांस तक, पार्टी पूरी तरह हिट रही, बीच-बीच में जोक्स और लतीफों से भरपूर कहकहे, लोग तारीफ करते नहीं अघा रहे थे।

रात बारह बजे तक भीड़ छँटी। मित्रों ने जितना बन पड़ा, कुर्सियाँ, मेजें वगैरह अन्दर करने में मदद की। सब करते हैं इस सेवकविहीन समाज में। फिर भी सबके जाने के बाद काफी कुछ यहाँ से वहाँ तक बेतरतीब फैला हुआ था, और इतने दिनों यहाँ रहने के बाद अब वे पूरी तरह जान चुके थे कि बेतरतीबी के लिए इस समाज में कोई जगह नहीं है, और सुबह ऑफिस भी तो...

अत: दोनों लस्त-पस्त कदमों से यहाँ-वहाँ फैली चीजों को समेटने में लग गए। मुड़ी-तुड़ी पेपर नैपकिनें, बोतलें, कैन, ट्रे, प्लेटें, मूढ़े, स्टूल...विकास के लाख मना करने पर भी आकांक्षा जानती थी कि अकेला विकास कहाँ तक करेगा। इसलिए वह भी बिना थकान जतलाए किसी तरह चीजें जल्दी-जल्दी अन्दर लाने में जुटी थी। अन्तत: ड्रिंक्स की एक बड़ी क्रेट अन्दर लाती हुई आकांक्षा बरामदे में पड़े सोफे पर सुस्ताने के लिए अधलेटी हो आई। आँखें मुँदते ही वह ऐसी गहरी सो गई जैसे पूरी तरह बेहोश हो...विकास ने देखा, सोचा दो-चार मिनट सुस्ता ही लेने दे...सारी चीजें समेटने के बाद जगा देगा।

वह अकेले लम्बी केन-चेयर खिसकाते हुए अन्दर तक ले भी आया। अब सिर्फ दो-चार लम्बी टेबल्स बाकी थीं, जो बिना आकांक्षा की मदद के खिसकनी मुश्किल थीं। विकास ने लाचार निगाहों से सोफे पर सोई आकांक्षा की ओर देखा...उसमें अब बुलाने भर की भी, न शक्ति थी, न इच्छा...इसलिए उसने अकेले ही लम्बी टेबल खींचनी शुरू की। काफी पास तक खींचकर लाया भी, लेकिन अब उसकी भी शक्ति चुक रही थी। थोड़ा सुस्ताने की गर्ज से वह अभी-अभी अन्दर लगे मेन सोफे पर लेट गया...मिनटों में दोनों गाढ़ी नींद के आगोश में थे। उन्हें पता भी नहीं था कि पंचमी का चाँद उनके बेडरूम की खिड़की पर देर से ठहरा उनका इन्तजार कर रहा था।

चाँद इसके पहले भी पिछली बार इसी खिड़की के रास्ते गुजरा था, तब भी वे दोनों थकान से ढेर ऐसे ही सोए पड़े थे। कभी बगीचे की सफाई, कभी पूल की रगड़ाई के बाद...उन्हें चाँद के निकलने या गुजरने की कोई सुध-बुध नहीं रह गई थी।

जाते हुए उदास चाँद ने एक हताश नजर खिड़की पर डाली...पता नहीं कब फिर वे दोनों उसे तलाशते खिड़की पर आएँगे...वह तो उन्हीं दोनों का चाहा पूरा करने के लिए आया था। दोनों यानी विकास और आकांक्षा!